# 活一天 樂一天

*Live in the moment*

百歲母親教我的
生活智慧與兩性溝通

竹君 著

# 目錄

## 自序



## 推薦序

Part 1

# 癌後新生

Part 2

# 獨居進行曲

Part 3

## 晚美關係

Part 4

# 憶想親友

## 【自序】歡欣的人生路上，有愛相伴不寂寞

竹君（褚家玲）

現在，一本滾燙的書冊在您面前展現，您第一時間可能會好奇書名副題何以是「百歲母親教我的人生智慧」吧？

那麼，請容我再耽誤您三分鐘的時間，切入一下在母親大人調教下我成為的樣子，好讓您稍後更容易融入有感有溫度的文字殿堂……

來到這世上，才一歲大的時候，母親就抱著我去教堂受洗，使我能夠成為虔誠

的基督徒。一路行來，我曾受到許多人的愛護，母親教導我學會知足與感恩，我也因此明白施比受更為有福的真諦，像母親一樣樂於付出自己所有的愛。母親真的做到「不為明天憂慮，活在當下」，因此她活到一〇三歲。

我們都是一無所有的來到世界，但是相信有一天，我會帶著滿滿的愛回去天家。

我覺得自己非常幸運，有非常愛我的父母親，在濃濃的愛裡長大。從小忠心的順姐（香港人對管家的稱呼）總是不厭其煩、耳提面命地告訴我：長大後要好好孝順父母親！這句話我記得牢牢的。我孝順並尊敬父母親，更喜歡與他們相依相伴，從始至終都以做他們的子女為榮。

我的朋友都說我是一個「特例」，我們那年代和父母常聊天、相依偎，親子關係緊密的家庭非常稀有，而我就是其中的一個幸運兒，父母親都寵我、愛我，所以我是在平安喜樂的氛圍中成長，從不會羨慕別人家。

這份「無微不至的愛」從未停歇或是改變。當我結婚後，他們也是一樣對待我的丈夫及女兒。我的美籍丈夫一開始無法理解，因為他生長在一個獨立自主的家庭，不懂得如何珍惜這份幸福的關愛。直到很久很久之後，有一天，他居然告訴我，他很喜歡我把他當個「寶」那樣地愛他，如同我和父親都把對方當成至寶，他們倆是我一生最愛、最感恩的男人。

在我生命中，從神而來的「愛」永不止息。二十五歲那年，一直以為是獨生女的我，因為親生父母終於找了來，一下子多了一對爸媽和許多兄弟姐妹，讓我變得更加幸福快樂。住在香港的他們，雖不能和在台灣的我經常相聚，但對我的關心和愛護從來不少。

除了敬畏神，我也愛人、感恩、知足、更學會放下與原諒。別人對我的好，我一直牢記在心，不會視為理所當然。回顧一生，神為我安排認識與不認識的人，指點我、幫助我，數算恩典，數也數不清。

這次能出版《活一天樂一天》，首先要謝謝的是時報出版公司趙政岷董事長，在此書市不景氣之際仍大力支持出版；感恩「大人社團」給我園地，陸續寫了六年的竹君專欄；更感謝林正文副總編輯從一百多篇文稿中挑選出四十多篇，連同我隨文朗讀的「錄音檔」集結成書，讓您可透過掃描 QR code，聆聽我為您口述的《活一天樂一天》！

在香港做傳道的姪兒崇恩來電恭賀我出版新書，他閱讀過後，告訴我他的感受：「我很欣賞姑姐時時保有一顆感恩的心，這是一種非常可貴的特質。」如同「愛，能幫助我們戰勝任何事。」

在此特別感謝二哥白冠球及二嫂和姪兒啟恩，從香港飛來台灣參加我的簽書會；在美國的四哥白冠仁為我寫序，並訂購新書分贈友人；在加拿大的冠雲妹及住香港的冠龍弟，還有許多我認識與不認識的貴人們，以及我在美國的外甥女，也都訂購書籍，為我加油打氣。以及特別感謝前《中央日報》賴明佶總經理幫忙寫推薦序文與協助校訂。

本書版稅全數捐給「社團法人中華民國乳癌病友協會」。拋磚引玉，希望透過這本書，讓我從神而來的愛能榮神益人，此生無憾。

這篇序文獻給我

最親愛的家人、

生命中的貴人、

癌友與其家屬。

聽竹君
為你朗讀

【推薦序】

# 我的八妹

白冠仁

身處談癌色變的今天，面臨第三期乳癌的八妹竹君，令我感觸良多，欽佩異常。從她身上，我看到一個弱女子，如何正視生活中來自各方面的挑戰，尤其在癌症面前，因著神的憐恤與祂永不隔絕的愛而剛強壯膽。

二〇〇八年初，竹君來電告知，她罹患第三期乳癌。

生命中有許多敵對的因素，會奪走我們的平靜與幸福。這些因素會侵入我們的心靈，混淆我們的視線，這些敵對的因素如同兇險的敵人，它們曾奪走竹君的平安，但她沒被這些嚴重的挑釁擊倒，反而在各式風浪中學習堅強，找到生命的意義和目的，並且正視建設性的人生。

竹君與父母親的感情極好，父母親離世，給她打擊很大。當她的癌症四度復發時，乍看像是完全沒有希望。但她以堅韌不拔的毅力與極大的耐心面對這些挑戰，從天父施恩寶座前，得到特有的寧靜與極大的安慰。她在二〇二三年初電傳中向我傾訴：「感謝上帝，讓我張開雙眼，看到人生的目的，坦然面對生命中的風浪，向奪去我平安的敵人宣告：上帝是我依靠的磐石，我不再害怕，肉體雖軟弱，靈裡要豐富。祂牽著我的手，使我在風浪中學習堅強！」

一得知罹患乳癌，就被宣告為第三期，因癌細胞已轉移至淋巴，竹君病情屬「三陰」，是最難醫治的。三陰沒有標靶藥（一五%乳癌患者是三陰，存活率二年。）竹君靠著神的力量，衝過了治療過程中的重重關卡。竹君的乳癌連續復發，現已十六年。她說，「未來，不論剩下多少日子，只需用感恩的心看待我周圍每個人，珍惜每一天。」神的恩典真是超過她所想所求，每次竹君癌症復發，之前的治療顯得無效後，她的主治醫生總是想盡辦法，奇蹟般地為她提供最新的藥來對抗復發的癌症。

我因真實地經歷了竹君在健康、情緒及精神上的轉化，深知她能在治療癌症中，仍然喜樂地活著，原因只有一個——她找到了生命中真正的至寶——耶穌基督。「除你以外，在天上我有誰呢？除你以外，在地上我也沒有所愛慕的。」（《詩篇》七三：二五）

竹君在新冠病毒大流行中，不斷地與自己對話。雖肉體漸漸衰退，但靠神的力量，一面化療，一面回顧罹癌前與罹癌後所有的改變，用生命寫故事。因為她自己的改變，有活下去的目標，心靈更平靜，有盼望，有信心，達到意想不到的境界。她即將出版的第四本書的卷首，赫然標明三句話：「活在當下」，「珍惜生命中的分分秒秒」，「不要錯過生命中的任何一刻」，與《以賽亞書》五五：一二「你們必歡歡喜喜而出來，平平安安蒙引導。大山小山必在你們面前發聲歌唱；田野的樹木也都拍掌！」是竹君的心態。

希望竹君的書，能讓你看到，她如何在風浪中找到希望，在絕望中找到感恩。祈願大有能力的神能改變竹君的生命，也能改造你的生命。

（本文作者為 Molecular Targeting Technologies, inc. 公司總裁兼首席執行官）

【推薦序】

# 喜樂人生在竹君的筆下流轉

高雷娜

癌症敲響了女作家竹君的心靈門窗，醫生宣告她必須終身化療，但在樂觀的竹君眼中，看來生病也有快樂的權利吧？

《活一天樂一天》是竹君的第四本著作，她秉持著一貫「我手寫我心」的風格，既不仰賴虛渺的靈感，更不賣弄華麗的詞藻，而是用密實的情感表達自己如何面對生命的無常，每一篇文章都似用抒情詩般充滿感性的筆調，來描述心境的轉變。

自提筆創作以來，匆匆數十年，其間經歷結婚、協助丈夫經營事業、奉養年邁的雙親、育女、罹癌到痛失父母親和老伴……種種人生的勞務與生活的淬煉，讓竹君隨口就可說出大把的理由，來謝絕所有的稿約。但她就是想要把自己所感、所見、所聞、所思，都化成文字和讀者們分享，所以我們才能很有福氣的跟隨她的腳步，活一天樂一天！

此外，竹君因著心律不整，結識了許多同病相憐的朋友，她願以感恩的心，用餘生為上帝做見證，也將所有遭遇的患難都向神訴說，正如《詩篇》四二：一「我的心切慕你，如鹿切慕溪水。」享受與神同行。

竹君是一位把寫作視為天職的女作家，見文如見人；捧讀竹君的作品感受特別深刻，總是口吐蓮花的她，文章引述的事件或是報導的人物，都能在她的寬容大量中變得有情有義、可愛歡愉，行文之間，自然流露出來溫暖與活力。

即便是待人處事誠懇、熱情，對於社會關懷投入心力，竹君的好，更在於報導事件從不浮誇濫情、引述消息也絕對根據事實。我想，這些優點都是出自於她在世新大學就讀時期，所受到的新聞專業訓練吧。

和竹君相識於四十年前的一個夏日午後，當時的我任職《臺灣新生報》，竹君帶著她的第一本著作《嫁做洋人婦》與駿馬出版社的發行人林明珠一起來訪，她給我留下的第一印象就是：搪瓷娃娃般的中國美女。果然名不虛傳，眼前的這位即是代表作！

記得那天竹君穿著米色套裝，肌如凝脂、面容姣好，即使不嗔不嬌，卻自有一身亮眼的光華。也許是被她真誠的目光、溫柔的語調打動了，一向不樂替別人打書的自己，居然答應幫她寫篇人物專訪。所以，初次見面就聊了很多，藉由採訪知道她的父親褚保衡是世新大學的教授，美籍夫婿菲立普本來是她的老闆。

端莊秀麗、外文能力又佳的竹君，從學校畢業後即從事每個女孩都羨慕的秘書工作，這和成長於眷村又一直在當記者的我，有著完全不同的氣質與個性，在沒有什麼交集的情況下，我們始終維持著君子之交的友誼，年節交換著賀卡，彼此相互祝福。

時光靜靜的流逝，喜歡寫作的竹君，陸續又出版《中國式的愛》和《我還活著，就要開心的活》兩本書，成為暢銷書排行榜的名作家。不管生活如何忙碌，竹君始終不忘克盡賢妻、良母及孝女的職責。這些生活中的點點滴滴，她都寫成了文章和讀者們分享，所以我們都知道在她女兒出國留學後的數年間，她的父親、母親和菲立普也都相繼轉身重返天家，而竹君一個人勇敢的在臺北生活著。

這些年，我們常常在朋友為子女舉辦的婚禮上相遇。每次見面，竹君的熱度都像我們昨天才一起喝過咖啡，令人如沐春風，同時她對於生命的豁達，也令人難忘。

如今，竹君又要出書了，邀我寫序，我推薦了幾位重量級的人物給她，這些人也都是她的好朋友，他們遠比我來得有份量而且名氣響亮，她卻堅持要我提筆上陣；為人作序，這又是一件我不愛的事情，但是有誰能拒絕一個面如桃花又笑意盈盈的搪瓷娃娃呢？尤其是在細緻柔美的外表下，這個資深女娃兒還藏有一顆堅忍剛毅的心！

堅忍剛毅對上細緻柔美，高反差、高對比是吧？但絕不誇張，竹君的儀表和內心，確實落差很大，而這一切盡在《活一天樂一天》。

（本文作者為現任中國婦女寫作協會秘書長）

【推薦序】

# 珍惜生命，創造價值

黑幼龍

三十年前，是臺北市有好幾條捷運路線同時開挖，市區交通陷入黑暗期，無處可停車，甚至很難攔到計程車的年代。有一位女士，與其他三十多位先生、女士一起，每星期一個晚上，從六點半開始，到耕莘文教院上卡內基溝通人際關係的訓練，為期十四周。這位女士就是本書的作者——竹君。

這三十幾位同學，每個人每周都要在臺前分享，分享他們在上一星期做到了什麼，分享他們下星期最想向誰表達感恩、讚賞；準備與什麼人和好。有時候也會談談將來自己最想成為一個什麼樣的人？

記得每次輪到竹君分享時，班上同學常常反應最熱烈。她笑容洋溢，滿懷熱忱地與大家分享生活中的點點滴滴，包括與家人的相處。大家不只是專注聆聽，有時還會立即起身讚美她的真誠，特別是包容心，有的同學會表示從她身上學到了很多。

原來在三十多年前。她已經是一位作家了，她的那本《嫁作洋人婦》相當暢銷。書中有很多與家人一起的喜怒哀樂。我們也因而了解人與人之間相處，需要很多的調適，也需要更多彈性。

三十年過去了，相信在這三十年中，我們每個人都經歷了很多事。有巔峰高原，也有低潮底谷。但發生在竹君身上的事，即使以旁觀者或朋友的角度來看，都是刻骨銘心的。

這段期間，她得了癌症！她是怎麼撐過來的？
她的先生去世了，如何度過喪夫之痛？
如何做自己，才不會成為子女的負擔？

現代心理學之父威廉·詹姆斯曾說過：「改變心態，就是改變人生。」竹君在這本書中證實了這句話，藉由正向與積極的心態，她不但能從低潮中站起，還能珍惜生命的價值，進而影響了周遭的人，我就是其中之一。

以後，我也要像竹君一樣，寫信給家人，不要羞於表達我們心中的愛。
我也要學習竹君，不要將別人的幫助視為理所當然，例如，照顧過我們的醫生或護士。
我也要學習如何一個人生活。
有那麼一天，我一定要勇敢的尋求心理諮商的幫助。
竹君認為夫妻的感情是銀行的戶頭。有的人開的是支票戶，一直支付，最後會花光了，甚至負債累累，經常批評、責備、抱怨的夫婦就是如此！有些夫婦開的是愛情存款戶頭，每一次聆聽對方，真誠的讚賞，感恩，都是在這人生的戶頭存錢。今後這戶頭裡不但存款越來越多，而且還孳生了很多利息、複利或雙利。

讓我們好好過一生！

（本文作者為卡內基訓練大中華地區負責人）

【推薦序】

# 因為愛，就有盼望

趙少康

我留美回國後除了在臺大母系兼課，第一個工作是國貿局專員，因為我學的是農業機械與機械工程，在國貿局負責外銷及外銷工廠的輔導業務，後來到金屬工業發展中心轉投資的宇金公司擔任業務經理，引介美國著名公司的重要機器儀器設備及技術到臺灣，當時竹君（褚小姐）是公司的秘書兼辦公室經理。記憶中，她美麗、細心、負責、能幹，常常帶著甜甜的笑容。

人生的境遇真是難以預料，我接著到美國公司擔任亞洲區總經理、選舉、從事公職、轉戰廣播、電視媒體，都不是原先自己的規劃。

多年後遇見竹君，才知道她後來嫁給洋老闆，家庭、事業順遂，也成為一位成功的作家，心裡很為她高興。

後來輾轉只知道她生病了，等到看了她這本《活一天樂一天》，才知道她罹患了最難醫治的三陰性乳癌，手術又復發，復發再手術，後來雖非常「幸運」地轉為較能醫治的陽性，但經過五次的復發，需要終身化療，這對一個人的身心是多麼大的考驗與折磨，在這中間又經過丈夫與父母的過世。天啊，上帝到底要給她多大的承擔？

照理說，竹君現在應該是充滿失望、挫折、沮喪、悲觀的，但她居然要出版一本叫做《活一天樂一天》的書，她不但沒有怨恨，沒有怪東怪西，反而積極樂觀，對生活及生命充滿正面的動能，這讓我非常感動，這與我「只要活著，就要好好地活」的人生觀不謀而合，只不過，我沒有像她受了這麼多的苦難，跟我或跟大多數人相比，她都是最勇敢的那個。

這本書很勵志，給生病的人很大的鼓勵，永遠不要放棄希望，給沒生病的人更大的啟發，連一個如此病痛、接連失去親密的丈夫、親愛的父母的人都能如此堅強的面對人生，不屈不撓，何況比作者幸運的人呢？常常看到許多人憤憤不滿、悲觀失志、甚至選擇輕生，這些人想想竹君的遭遇，轉個彎，再堅持一下，又有什麼會是過不去的呢？

我和竹君同事時，絕對想不到她會成為一位出色的作家，生活的歷練加上生命的磨難，都變成她寫作的材料，她用字簡潔、文風平易近人，娓娓道來，婉轉動聽，寫的雖然是她的生父母、養父母、洋丈夫、女兒、洋女婿，她的病痛、醫生、醫療過程，她的童年、成長、婚姻、家庭生活，她的朋友、貴人、宗教信仰，但她對人性的關懷，對家人對朋友的愛，躍然紙上，令人感動。

人口老化問題越來越嚴重，老年失智問題更是讓人害怕，家中只要有一個失智老人，整個家庭就會陷入愁雲慘霧，竹君在書中對照顧失智的母親也有深刻的描寫，她的體貼孝順，讀來讓人動容，她在母親節前夕寫給最愛女兒的預先告別家書，感人至深。她對生父母、養父母同樣的孝順感恩，顯示出她的智慧成熟與練達。

《活一天樂一天》，雖然敘述的是竹君自己的故事，但也是很多人或多或少的經歷。生老病死，無可奈何，但如何面對，卻是每個人的課題、選擇、態度，既然來到這個世界，就快快樂樂地活，才能說不虛此生！

「壓傷的蘆葦，它不折斷。將殘的燈火，它不吹滅」，因為有愛，就有盼望！

（本文作者為中國廣播公司董事長）

【推薦序】

# 快樂頌

賴明信

好多人一直在找尋喜樂的泉源，希望能夠在短暫的人生旅途中，獲得喜樂的滋潤，過得很豐盈。

很幸運的，如果你靜心的翻閱已經拿在手上的這本書，並加思考，你將發覺已逐漸覓致了渴求已久的喜樂泉源。再經一掬品嚐，就可享受到無邊的甜美滋味。

喜樂的泉源是什麼？就是體會到了人生的意義：知道愛自己，知道愛別人，知道接受時要感恩，知道付出和給予時最快樂。

竹君這本書，表白她如何克服癌症的不斷侵襲，並且如何快樂地獲得新生。

她不在書中說教，只是告訴大家：如何主動地為自己找到快樂，如何幫助朋友找到快樂，如何豐富自己的人生，如何幫助朋友豐富人生。人活著，不是獨活，周邊總有一大群人。一個人笑，周邊的人都苦悶，那是快活不起來的，要鼓舞大家一起笑，一道快活。

腦海裡響起貝多芬「第九號交響曲」的第四樂章，其中有一小段被填詞為〈歡樂頌〉或〈快樂頌〉，歌詞中的一小節：「我們心中，充滿歡喜，人人快樂又逍遙！」

看了竹君這本書的讀者，相信都能「人人快樂又逍遙」！

（本文作者為《中央日報》前總經理）

活在當下，
珍惜生命中的分分秒秒，
不要錯過生命中的任何一刻。

# Part 1

# 癌後新生

## 展開一趟自我重生之旅

生是一種學習，死也是一種學習。

二〇〇七年十二月，當我知道自己罹患的是最難治療的「三陰性乳癌」，心中真是百感交集。那時我在與自己對話及向上帝禱告的靈修日記上，寫滿了一頁的「我很害怕」，我很想問上帝，祂究竟要我透過這次生病學習什麼？抑或要給我什麼使命？

二〇〇九年，我癌症第一次復發，有幸認識前榮民總醫院腫瘤科劉敏醫師，她指出我的癌症很猛，以前針對乳癌第三期的化療藥沒什麼作用，並向趙主任建議改用針對「三陰」的化療藥，她既熱忱又專業，令我很是感動。復發開刀後因為基因蛋白（Her2/Neu）又是無法確定結果的兩個「＋」，再次送驗後，結果奇妙地轉為陽性，不需要用三陰藥，能使用標靶藥物「賀癌平」治療，而政府針對這藥物剛開放健保給付。我曾問過好幾位醫生為何會轉為陽性，但都沒有答案，劉敏醫師說大約只有十分之一的人會變。我的醫學博士哥哥白冠仁說：「這是上帝給妳的一份大禮，原本『三陰』當時的存活期只有兩年。」

第三年癌症再次復發，更被宣判要終身化療。其實我很清楚為何復發，因為家中出了許多事，我給自己的擔子太重，心理和生理都承受不住；接著趙主任退休，幫我轉到戴明燊醫師門診，他用兩種標靶，第四年沒有復發。戴醫師留英回國，醫護人員稱他為戴哥，是平易近人、親切有耐心的醫師。

二〇一二年七月底，我再次被驗出有不規則形狀的細胞，接下來又要穿刺切片和開刀。我將心裡的害怕向戴醫師說明，他很有同理心地拍拍我的肩膀，說：「如果我是妳也會害怕。妳不用太擔心，我們已在討論會中討論妳的病情，且請俞志誠副院長（現為乳房外科主任）親自為妳動手術。我們會想辦法找新藥。」並且又為我安排了正子斷層造影（PET，能準確發掘隱藏癌細胞的醫療技術）。我真的很慶幸自己碰到了良醫，不但治病更治心。在開車回家的路上，我不斷唱著〈信而順服〉，相信神有祂的美意。

二〇一三年八月我四度復發，整個三總醫療團隊都用盡心力救治我，我對他們有著道不盡的感謝，並轉念想這場病是上帝給我的禮物，讓我能學習用感恩的心拆開這一層又一層、恩典無數的禮物，正如《聖經》羅馬書第五章所說：「就是在患難中也是歡歡喜喜的；因為知道患難生忍耐，忍耐生老練，老練生盼望。」我相信神是要我學習溫柔地順服、經歷祂的大能。

罹癌後，為了更認識自己心理和情緒變化的歷程，我曾做過十七次心理諮商，並學到關注、照料自己情緒的幾個步驟：

一、當有強烈情緒流過時，先停下來去覺察那是什麼（其中通常有豐富的內涵），並且不帶批判、全然接受地去關注它。

二、學習用文字在日記中表達自己的情緒，並仔細地描述它。

三、試著讓情緒自然地流動，這樣內在的感受便不再囤積和壓抑。

我一直是個很會壓抑情緒的人，在職場三十年間從未流過淚，就連最摯愛的父親過世時也未曾哭泣；但這場病給了我一個提醒：「生是一種學習；死也是一種學習。」我應該更多向人表達自己，學習分享自己的感受，想哭就暢快地哭；學習說出自己的需要，讓人知道該如何對待我、尊重我。

同時我也開始回顧過去，並學習與自己和好的功課。感謝上帝讓我學會肯定自己作為母親、太太、女兒的存在價值；雖然我只是一位平凡的家庭主婦，與丈夫的異國婚姻也遭遇過許多困難與挫折，但上帝讓我在這一切事上都有所收穫。儘管我並不完美，但上帝讓我知道不需要把每件事都做到完美才有價值；無論是做了什麼或沒做什麼，每個人的存在本身就蘊含了獨一無二的價值。

我更期許在未來剩下的日子中，不要只專注在自己的病痛上，更能轉移焦點，以感恩的心看待每個人；向家人、教會朋友、同病相憐的癌友，以及所遇到的每個人付出關懷，分享自己的經驗來激勵他人，讓自己每天都過得更開心，除此之外我再別無所求。

聽竹君
為你朗讀

# 癌症翻轉了我的婚姻

婚姻關係中，在了解、接受、包容與付出的同時，
更能認識自己的內在特質並有所成長。

當醫院宣布我罹患乳癌第三期時，我立刻打電話給有關單位詢問：「如果我過世了，我那依親居留的美國丈夫菲立普能否仍留在臺灣？」對方回答：「如果妳過世了，他可以留在臺灣；而雙方若是離婚，他就必須離境。」我為此鬆了一口氣，同時也發現：原來我擔心他的居留問題，程度並不亞於自己的病情。

菲立普來臺已四十多年，他在三十七歲時與瑞士總公司簽約一年，來臺成立連絡處，而我是他雇用的第一個員工，職位是祕書。五年後，我這傳統的中國女子竟成了他的妻子。

回想起這段往事也頗為有趣。那一天我正要下班，卻突然被叫到他的辦公室。我一如往常地站在他偌大的辦公桌對面聽他指示，他竟對我說：「我要娶妳，連同妳父母一起娶。」驚訝之餘，我本能反應是大笑不已，反問他：「你又在開什麼玩笑嗎？」他可能也被我的反應嚇了一跳，立刻認真回答：「我想安定下來，有個家，我覺得妳很忠誠。」我心想：「為你工作三年多來，看著你不斷追逐尋覓，平均半年換一個對象，處處留情曖昧不清！」又猜想他可能是一時荷爾蒙作祟。畢竟他一向風流又喜歡開玩笑（而且開玩笑的對象不分男女老少），雖然每天跟隨他工作，但我不太了解真正的他。

記得有一次我請假要去考駕照，他拿著我的假單對其他同事說：「她那麼膽小，我打賭她一定考不上；如果她考上了，我就買輛車給她，順便兼當我的司機。」

結果我考上之後，同事和我一起去質問他，他卻改口說那只是玩笑話，我們怎能當真？又有一次，他大聲說要開除我，我就靜靜地收拾東西離開公司，結果他又叫同事把我追回，說他只是講氣話，我怎麼又當真了呢？回顧過往種種畫面，實在是真真假假，把我都弄糊塗了。我當時便傻傻地說：「我要先回家稟告父母。」

父親一向疼我，得知情形後不禁露出擔憂的面容，因為他不知道菲立普為人如何；個性豪邁的母親則叫我自己做決定。最後我們商量的結果是：展開「和父母一起了解菲立普之旅」，週末假日他和我父母一起約會，相互拜訪、聚餐、遊山玩水。

菲立普非常聰明又愛耍寶，常常逗我父母開心。當時他九十三公斤，我四十四公斤，兩人走在一起對比十分明顯。有路人會直接笑說：「那美國人肚子好大！」在公司電梯裡也有陌生人會摸他的大肚子，問他怎麼吃得那麼胖？他一點也不在意，還會開玩笑說：「其實我肚子裡有三個小孩。」

菲立普深知我最在乎的就是父母，因此對我父親非常尊敬，上下車一定攙扶著他；而母親不會英語，他們就靠比手畫腳來溝通。那時我想，他願意與我一起照顧年邁的雙親，這份心意令我相當感動與窩心，於是我們一年後便結婚了。而為了方便互相照應，父母也順理成章地搬來與我們同住。

只是相愛容易相處難，文化、個性、背景、習慣都不同，四個人加五條狗，全都擠在一間公寓裡。我母親屬虎，菲立普屬龍，兩人個性都強，用「雞飛狗跳」來形容當時的家庭關係一點都不過分，因為我們的「差異性」及「價值觀」大不相同，常因此產生衝突。

我當時採用「中國式的愛」，以無微不至的態度關心照顧他，一切以他為主。父母教導我仁義順夫；《聖經》教導我尊重與順服丈夫；俗語也說：「家是講愛的地方，不是講道理的地方。」因此不論事情合不合理，我全都順服，就連被罵也不還口。而在公司裡他是我老闆，更必須全然尊重，不宜有太多互動。就連與我同部門的新進同事，也是到了工作三個月後才得知我就是老闆娘。更有趣的是，《英文中國郵報》王副座知道菲立普愛開玩笑，而她早在認識菲立普前就已認識我多年，因此在瑞士總公司總裁面前打賭一百萬元，不相信我已嫁給菲立普好幾年，精明幹練的副座就這樣輸了。

由於兩人二十四小時工作、生活都在一起，我了解菲立普壓力很大，自然也成為他情緒的出口。他生氣時就如諮商師所說：「男人情緒來時就像爬蟲類，只顧自己。」而男女腦構造不同，男人思維就像鬆餅，專注在一個方格裡，需要足夠的時間才能想清楚；而女人思維像義大利麵，說話時左右腦交叉溝通，需要靠說一大堆話才能釐清自己到底想要什麼。之前菲立普只要一生氣，就會用「離婚」來嚇我，後來更變成口頭禪。幸好我有很強的信念，從和他結婚第一天起，就言明一輩子只結婚一次，從一而終，「婚姻是永恆盟約，我委身於你，絕不輕言離婚。」若非如此，我們早已離婚好幾百次了。

人生並非一帆風順，考驗與試煉是少不了的。一九九八年，總公司因為菲立普的健康因素決定不再續約。那時臺灣公司已有一百多人、四個分站，要他這工作狂離開一手所打造的地方，他的心裡氣憤極了，更覺得二十多年來的辛勞不被重視。

但我其實求之不得，非常開心，因為幫助丈夫經營公司時壓力很大，瑞士總公司及世界兩百多個分站，只要有一站出問題，對方發現臺灣也有分站，就會來提訴訟，我就得要因此去法院，這樣對於要花時間照顧母親與女兒的我而言實在吃不消。

男人的心事我不懂，當時我忽略丈夫心理潛藏的需要，以為替他訂機票，讓他與一群朋友出國，以及一個月打兩次高爾夫球就能討他歡心，幫助他走出低潮。半年後我發現他有外遇，驚訝之餘仍按捺情緒進行蒐證；我向丈夫所信任的美籍牧師及他介紹的美籍諮商師尋求幫助，事先沙盤推演丈夫可能有的反應與各種因應之道。在家中「諜對諜」一陣之後，我不得不打開天窗說亮話，結果就如同諮商師的預測，丈夫從驚慌、否認、耍賴到忿怒。而當我出示證據要他與第三者了斷時，丈夫居然在諮商師面前因罪惡感而崩潰。

很感謝諮商師的提醒，我在丈夫跌倒、最不可愛時，選擇去愛他，並陪伴他走出深淵，這個事件也讓我重新認識自己，看清楚自己的弱點。過去我與父母太過親密，婚後與原生家庭的分化做得不太好，只是一味希望丈夫入境隨俗，但這種做法是會引起情緒的。我從未覺得自己嫁作洋人婦，一直用中國思想去面對美國思想的丈夫。在協談中，我們為著各自的過錯道歉，並彼此請求原諒。

為了修補關係，菲立普安排了家庭小小旅行團，帶著當年八十五歲的母親、七歲的女兒和我，一家四口到美國看公婆親友，然後一路遊玩歐洲、澳洲、大陸、香港，全家和樂融融。回來之後，他立刻就找到工作，精神也有了寄託。

二〇〇七年我罹患癌症，全家人從害怕，擔心到接受，其實過程中家屬的壓力並不少於罹癌者。當時我自私地把照顧丈夫及老母親的責任交給十五歲的女兒，並要求她承擔一切，導致她壓力過大而崩潰，開始叛逆並逃避現實。而菲立普也相當害怕，因為家中大小事全由我包辦，他語言不通，萬一我過世了，便沒有人能給他倚靠。於是我開始盤算要為他找一位能代替我照顧他的人。他七十四歲，有心臟病、糖尿病、氣喘病，不會說國語，曾三次與死神擦身而過，需要有愛心的人照顧、疼惜他。

回想三十多年異國婚姻，雖有風雨與挑戰，我仍覺得自己是幸福的，更有種倒吃甘蔗的滋味。我感謝丈夫真正實踐他的諾言，心地善良地與我一起照顧我父母。

在婚姻關係中我更學習到，願意為對方做出永久的犧牲，才是永恆的愛情；而在了解、接受、包容與付出的同時，更能認識自己的內在特質並有所成長。

我寫這篇文章前曾徵求他同意，並在寫完後將每個字都翻譯給他聽，他心胸寬廣，同意我寫出我們真實的婚姻故事，希望能對別人有所幫助，也提醒大家把握當下，珍惜所有，並且尊重自己所選擇的一切。

聽竹君
為你朗讀

# 癌症五度復發、丈夫過世，仍決心守住這個家、堅強活下去

歷經人生風暴、苦難與挑戰，看到自己內在的軟弱與渺小，謙卑誠懇，要學會放下，活在當下，人生真的只是一口氣。

前陣子做了癌症追蹤檢查，發現癌症五度來敲門，一開始真的有些沮喪。手術前看到「麻醉說明同意書」上說明麻醉可能發生的風險，有心肌梗塞、心跳不穩、中風等可能後遺症。我本就有心律不整的問題，進開刀房前，我居然告訴麻醉科助理，我的健保卡上已經備註，如有不測，放棄一切急救。

為我操刀的是臺北三軍總醫院（後文簡稱三總）的前院長俞志誠（現任三總乳房外科主任）。他是乳癌權威、醫術高明，謹慎細心，尤其很懂病人的心情。他每天早上六點就來查房，連續三次跟我講，「妳現在沒有以前那麼積極勇敢囉，雖然妳先生過世，可是妳要守住妳的家，不能放棄呀！」

二〇〇七年，我確診罹患三陰性乳癌第三期，存活率較不理想，醫師判斷只有兩年。但我幸運地度過了這次難關。二〇〇九年，我第一次復發，轉為非三陰性，可開始用標靶藥物治療。

前幾年我幾乎每年復發，我和醫師開玩笑說，好像「周年慶」一樣。每次復發我都毫不猶豫，立刻請求俞主任為我操刀。

治療乳癌，三總有個醫療團隊，其中血液腫瘤科的戴明燊主任，十年前到倫敦大學專研癌症，獲得博士學位。他是一位平易近人，很有耐心的良醫。戴主任讓我實驗新藥，每月化療，總算平安度過七年，沒有復發。也是因為醫師要求我密集追蹤，彷彿「三個月一小考，六個月一大考」。

每三個月一次的超音波掃描，影像科的許居誠主任用顯微鏡看得非常仔細。二〇二〇年初，丈夫陪我去做超音波掃描，發現一個〇．三四公分的橢圓形腫塊。不到一個月，丈夫突然過世，我極度哀傷難過。四月照超音波時，那個〇．三四公分的腫塊已長大，因為那幾個月，我的情緒起伏太大，細胞也產生了變化。

戴主任懷疑它是癌症腫瘤，為我安排正子檢查。檢查結果出爐，判斷五〇%可能是癌症復發，五〇%是發炎，於是再安排穿刺切片檢查。許主任是一流的高手，檢查過程中我完全不害怕，也不痛。

最後確診癌症復發，必須開刀。醫療團隊細心醫治、親友溫暖關懷，我心中無盡感恩。感謝上帝安排了這麼優質又有愛心的醫療團隊，用盡心力來醫治我。對這些偉大情操的貴人醫生，我有道不盡的感謝。

在我生病的這些年，遠在國外的兄弟姐妹，對我非常的關心。在美國的仁哥是虔誠基督徒，這陣子幾乎每天都打電話給我，用《聖經》經文來鼓勵跟安慰我。我的師長、親朋好友和讀者，也總是為我加油打氣。如果我有段日子沒有寫稿分享，他們就會關心我的近況，讓我非常的感恩與感動，也覺得自己非常幸運，能夠得到這麼多貴人和好朋友的關愛跟祝福。

最後，我也感恩我自己，「不要放棄」在醫院治療的時候想著，我家住在七樓，歷經人生風暴、苦難與挑戰，覺得自己更上一層樓，看得遠一些，更看到自己內在的軟弱與渺小，更學會隨時感恩，更要謙卑誠懇，要學會放下，活在當下，人生真的只是一口氣。

神教會我，要更珍惜感恩目前的美好，雖然丈夫在人生旅途中先下車，卻留給我非常多美好快樂的回憶，他的靈魂與我同在。他一定希望我好好活下去，我萬分感恩他。

寫到這裡，想起美國前總統甘迺迪過世後，他的母親雖然很傷心，仍然非常堅強，她說暴風雨把鳥巢給毀壞了，第二天鳥還是重新築巢，鳥還有小鳥，還要繼續快樂地活下去。

在患難中要學習忍耐與喜樂，相信神與我同在，我把自己完全交託給神，經歷祂的大能。

聽竹君
為你朗讀

# 失去至愛後，我和女兒敞開心房，終於聽見彼此的心聲

親子間需要溝通與理解，更需要「核對」，才不會因為誤會而產生隔閡。

自從丈夫過世，我總是鬱鬱寡歡，看著丈夫的照片、思念著他。我詢問學心理學的女兒，這樣的情緒該如何找到出口，希望她可以給我一些建議。但她告訴我，在心理諮商領域的專業規範下，她不能為自己的母親進行心理諮商。

我想起母親過世時，我曾經參加悲傷療癒課程，幫助自己面對失去母親的傷痛。於是我找到當時帶領課程的心理諮商師，希望透過向她訴說一切，釐清自己的內心想法，並在她的帶領下，從不同的角度進行換位思考。

第一次諮商時，諮商師發現我用字遣詞非常謹慎，深怕說出口的話傷害到任何人，但話語中卻隱藏著許多說不出的嘆息與無奈。第二次諮商時，她讓我在諮商室陳列的許多公仔玩偶中，找出我心中的代表性人物，再將那些公仔放入砂盒裡。

她會問我一些問題，並從我放置每個公仔的位置和它們彼此間的距離，幫助我「自我察覺」，發現自己內心有著還沒有說出來的話。

我告訴諮商師，我與父親的默契非常好，和母親的感情也非常深厚，所以我更渴望跟女兒有美好的關係，希望我和她也能心靈契合，不要成為最親的陌生人。諮商師告訴我，這需要溝通與理解，更需要「核對」，這樣我和女兒之間才不會因為誤會而產生隔閡。特別是在這幾個月裡，女兒跟女婿也承受著很大的壓力。

有一天，女兒問我，她和她的丈夫是否可以陪我一起去諮商？我說當然沒問題，同時內心感到十分安慰，因為女兒願意陪我一起參與諮商，面對困境。這不是「家族治療」嗎？

在我與女兒、女婿三人一起諮商的過程中，女婿很誠懇地向諮商師說出他的成長背景，而我們也發現，我和女兒之間最大的就是「溝通問題」。

原來女兒不喜歡我時常提起她三、五歲的時候多乖、多懂事，她已經三十一歲了，希望我能把她當成一個獨立的成年人看待。我也告訴女兒，我已不是她印象中年輕的母親。現在的我是個需要做終身化療的癌症患者，因為化療的副作用，記憶力受損，容易忘東忘西，且有心律不整問題。我請她把我當成一個年老的病人，不要對我有過多奢求、要求我做一位完美母親。

我和女兒都處在悲痛之中，一個失去丈夫，一個失去爸爸，兩個人都被悲傷、憤怒、哀痛、失落等情緒淹沒，於是互相指責。但是，我們都勇敢向諮商師說出整個過程，自我反省，並向對方說出真實的感受。

如今我低頭禱告，丈夫已在天家，我的靈貧窮，求主改變我的生命，用新的眼光看待一切，不再有責備，只有憐憫與愛。行文至此，這節經文浮現在我眼前，《以賽亞書》第十一章第二節：「耶和華的靈必住在他身上，就是使他有智慧和聰明的靈，謀略和能力的靈，知識和敬畏耶和華的靈。」

聽竹君
為你朗讀

# 心理諮商師教會我，先同理自己，不要急著向他人索取來滿足自己

當自己同理自己後，
與他人對話才能接納和包容他人。

丈夫過世後，心理諮商師幫我們一家人，包括女兒、女婿和我三個人一起諮商的第二次，結束後我照往例，邀請女兒女婿喝下午茶。他們生氣地拒絕了，叫我一個人回家。

我在東區一個人逛地下美食街，那個時段幾乎沒什麼人。心理諮商時的「真心話大告白」，結果換來「怒目相對」。說實在的，我心裡五味雜陳，大家說出心裡的話，也傷感情。後來想一想，我傳了訊息給諮商師，建議下次可否分開諮商，等到合適的時候再合在一起諮商？

諮商師卻問我，「妳有多久沒傾聽內心的聲音了？」有時候哀傷會使人喘不過氣，吃不下飯，無力感，莫名地以為自己怎麼了。其實哭泣焦慮也是情緒的一種表達。

有一個晚上，老師和我通電話。在通話中，她叫我回想一個自己認為最舒服、最安心的地方。我立刻想起我小時候在香港的點滴。我的童年，每天下午都會獨自在窗臺邊望著海，一坐就是兩三個小時，那時不知道是發呆還是什麼？可見我很能夠獨處。

接著老師讓我放鬆。我認為老師要我「冥想」，但老師解釋了一個心理學的名詞正念練習。面對所發生的事情，不論心中的情緒是正面或負面，都要陪伴著那個情緒跟它說說話。

老師用溫柔又催眠的聲音，問我：妳有多久沒有跟它說話了？不要再壓抑或否定它了。

老師繼續溫柔地說，妳背負了太多的焦慮、太多的悲傷在身上。先試著做個深呼吸，閉上眼睛、感覺自己的心跳。心和身體連在一起，想像妳現在是在一個安全的地方。溫度光線如何？注視妳內心的焦慮失落悲傷。它們長什麼樣子？距離又如何？聽聽看它們想對妳說什麼？從多大開始妳認識它們？它們跟在妳身邊陪著妳。請照顧妳的焦慮和哀傷。要怎麼照顧它們？聆聽關注，看它有什麼變化？

聽完老師跟我說的話。老師發現我的聲調不一樣了，變得平靜安穩，原先的急躁慌張不見了。我告訴老師，我一生有許多焦慮哀傷的經驗。她要我練習回顧生命中的許多經驗，練習想像自己回歸到兒時的無憂無慮。

又到了三個人一起諮商的時刻。又要「真心話大告白」。我一則以喜、一則以憂，心裡是害怕的。但老師要我練習說出來。

她強調，要先了解自己需要，讓自己同理自己，不要急著向他人索取來滿足自己。當自己同理自己後，與他人對話才能接納和包容他人。

諮商師胡博士說：失去親人的反應多樣且獨特，讓我們的哀傷有機會能走出來，跟我們說說話。慢慢地開啟感受的觸角，轉化失落的情感，才能領悟逝去親人這件事要留給彼此生命的禮物與祝福。

萬分感謝胡博士的帶領，讓我走出傷痛，也更認識自己。這段時間，非常感謝遠在海外的兄弟姐妹對我的關心，以及好友們對我的安慰，萬分感恩。

聽竹君
為你朗讀

## 勇敢接納負面情緒，一場講座體悟：對自己溫柔，才有能力照顧他人

有溫度的人，就是要「對自己溫柔」，做自己的好朋友。

日前，當我看到心理學大師錢玉芬博士在網路開設線上課程，非常興奮，因為二十年前我在神學院讀書，上過錢博士及師丈洪英正博士的心理學課程，當時我非常享受每一堂課。

為了讓我們更了解理論，錢老師毫不忌諱，大方分享自己的親身經驗，講課也非常生動、妙語如珠，讓人很陶醉。

有一次師丈在謝師宴後，帶回來一鍋雞湯，準備給錢老師及三個小孩享用。當錢老師一看到雞湯，當場衝到房間裡大哭，跟錢老師同班同學的師丈，當然懂他妻子的心情，一面安撫小孩，一面去屋裡陪伴妻子。

錢老師來自重男輕女的家庭，所以她努力向上，為的是搏取父親對她的肯定，這就是當我們講到「童年記憶及創傷」的重要性及影響。

這次蒲公英基金會所辦的線上活動，雖然只有一小時，卻吸引了六百位跟我一樣是錢老師的粉絲上線。錢老師的風采依舊，魅力無窮。

一開始錢老師讓我們先做感官的知覺和察覺，大家在線上做自我照顧，深深吸氣、慢慢吐氣，透過一次次慢慢地深呼吸，讓自己的心沉澱下來。吐氣是把自己的負面情緒吐出來，感官察覺記錄是訓練敏銳察覺的基本功。

老師帶著我們做視覺、聽覺、觸覺、嗅覺、味覺、平衡覺，還有剛剛動作的記憶，做完吸氣吐氣，打開眼睛，謝謝感覺器官陪我們感受美妙的世界。老師問大家你會生氣嗎？你允許自己生氣嗎？你哀傷、憂鬱的時候，怎麼度過？

基金會每週接到電話幾百通，「情緒」是第一名，代表我們要學習好好接納關於自己的需要。很多人不願意承認自己的憤怒及哀傷，長期壓抑，身心分離，久了就容易有恐慌症或癌症等。當老師講到這裡的時候，我感觸良多，因為我就是這樣，心有戚戚焉。我數十年沒有接納自己的真正情緒，全都壓下去，強顏歡笑，是逃避。

錢老師要我們常常敏銳地聽聽身體說什麼，聆聽情緒的呢喃和焦慮，將情緒「倒出來」看看，藏在心裡的小劇場是什麼？

老師要我們做「生命腳本」的即席問卷，五題寫在一起，一共十五題，共三個腳本，〇至十分，老師在下半場公佈答案。

常見的內在腳本：

一、不會有人喜歡我：渴望愛與拒絕愛

二、不可能成功（最普遍）

三、自己是多餘的：人生不順利（最危險）

大於五分就要小心了，七分以上很高。老師公布答案之後，我嚇了一大跳，第二、三部分我居然是八分和十分。我問自己怎麼了？原來我覺得自己被忽視了，幸好上了這一課，學會對自己溫柔，並接受負面的情緒。照顧好自己的心，才能有能力照顧他人，影響別人的心。

錢老師要我們學會「同理心」。初級同理心：聽見重點，重複別人的話；中級同理心：聽見對方的情緒；最高級的同理心：懂得愛，把對方疼入心。錢老師的婆婆從來沒有上過心理學的課以及訓練，卻非常懂得如何疼惜別人。錢老師說，因為丈夫也是學心理學，這一輩子很幸福，自己有位非常懂自己的丈夫。

老師也要我們多疼愛自己，放自己一馬，不要任意自己批評自己。老師要我們想哭就哭，想笑就笑，否則心裡不舒坦，會引起生理反應，例如一緊張就會胃痛，老師說不哭的人會生病。

老師教我們做一個貼近自己的人，花時間聽懂自己；有溫度的人，就是要「對自己溫柔」，做自己的好朋友。靈性是關鍵，心裡柔和謙卑，自己學會照顧自己，對自己溫柔，才能有能力照顧他人。

認識情緒安頓它，「成也是情緒，敗也是情緒」，照顧好自己的心，與別人連結，與重要他人及至高者（神）連結。這把鑰匙，就在我們自己手中，沒有標準，放下標準，不要高標準。一次又一次的歸零，不斷地靈性練習，讓我們活在平靜安穩中。

感謝二十年後，錢老師的當頭棒喝，我停止心裡的小劇場，放下吧！我除了要學會用溫柔的心愛別人外，更要用溫柔的心愛自己，善待自己。

疫情雖嚴峻，但有女兒、女婿從美國回來看我，心裡感到十分安慰。好友劉大醫生更仁慈，讓我女兒、女婿在她家裡住了八天防疫。上帝愛我，上帝已差派許多天使在我身旁，幫助我，扶持我，我是蒙福的，感謝主。

聽竹君
為你朗讀

# 在人生風浪中讀書找到平靜：
# 不順遂才是最珍貴的豐盛

清理生命中不需要的東西，
讓生命更精簡，不必背負過多的重擔。

在我人生最低谷時，貴人好友送給我楊定一博士的《豐盛》與《奇蹟》兩本書。讀完後，我在風浪中找到了平靜和喜樂。

我一直是楊定一博士的忠實讀者。二〇一三年，我跟丈夫去紐約參加女兒的大學畢業典禮。當天，丈夫高血壓發作，紐約的心臟科醫生在電話中建議我們掛急診，丈夫則是堅持要搭當天晚上凌晨一、二點的飛機從紐約飛回臺北。

我當時心裡很擔心，因為從紐約直飛臺北，得需要花上十幾個小時的航程，萬一丈夫發生緊急狀況，太平洋上根本沒辦法降落。但一上飛機，我看到了楊博士也在同一班飛機上，我心裡就安了，像吃了一顆定心丸。

那趟旅程，我正好帶著楊博士的書。我向楊博士致意，並告訴他：我是他的忠實讀者，他的書對我幫助很多。至今回想起來，仍然非常感恩。

楊定一博士在《豐盛》和《奇蹟》這兩本書中，非常有勇氣的敞開內心世界，毫不保留地和讀者分享他的所思所想。因為神給了他一個使命，要幫助更多人「找回自己」，讓心靈更豐盛，讓每個人都活出奇蹟。他認為透過信仰，一切都是最好的安排。禱告會帶來豐盛，而豐盛就是愛、寧靜和歡喜，是每個人本來就有的本質。

楊博士從小就被視為神童，十九歲得到博士學位，並和多位諾貝爾獎得主共事。他說這是他一生中最快樂的時光之一，讓他更懂得用謙卑誠懇的態度待人處事，也不斷感覺到團隊中其他人帶來的力量跟恩典，因此他心中非常感恩。

楊博士後來到了紐約，接觸到佛教，他透過靜坐冥想不斷問自己，這一生要做什麼？最後悟出：一切都是無常，要學著「活在當下」。

楊博士在書中寫道「活出心」，就是把自己全部交出來，「神」對你會有最妥當的安排。「祂」會一路給你恩典，為你打氣，同時帶來修正，這就是你最大的福報、最高的豐盛，也是《聖經》所說的「活出愛」。

書中不斷強調，你的人生不順遂、受委屈，這只是表面上的困難，但這種心的狀態，對你來說，才是最珍貴的豐盛。誠如，如果不把橄欖壓成渣，就不會有豐美的橄欖油；葡萄不經過擠壓，也釀不成香甜的葡萄酒。

在書中，楊博士還帶領讀者做「正向的練習」：感恩帶來正向思考，讓自己隨時快樂、歡喜、舒暢，這就是心的作業。從心出發，隨時感恩。楊博士也讓讀者練習「簡化生命」：人生中什麼都可以放下、可以丟掉、可以簡化。懷著感恩的心和正向的想法，一一清理生命中不需要的東西，讓生命更精簡，不必背負過多的重擔。

在自己最痛苦的時候，多關心別人、為別人禱告，不要把注意力放在自己的痛苦上面。透過痛苦把心活出來。心，是慈悲包容圓滿。接受、理解、原諒、放過自己，讓自己輕輕鬆鬆地存在。你就會發現生命就是奇蹟，生命就是豐盛。

聽竹君
為你朗讀

# 邁向暮年，如何應對死亡？但願笑口常開，知足常樂

不生氣、不批評、不責備、不抱怨。笑口常開，知足常樂，是父親長壽又健康之道。

由於醫學發達，一不小心就會成為人瑞。網路上的養生文章，琳瑯滿目。我是獨居老人，又需每月化療，且是終身化療者，很多人都問我，為什麼不找人陪伴和幫忙？我覺得目前我還能動，一切自理無虞。

我不期待長壽，只希望活著的每一天，開心就好。我最怕「失智」和「失能」。我不希望沒有尊嚴地活著。

有一位認識已二十年的朋友，他是電腦公司的老闆，每天早上開車上班，中午開車回來吃飯，午後再開車去公司，下班再開車回來，每次車程大概十五分鐘。有一天下班，他開了快一個多小時，還找不到回家的路，從此他需要一位司機了。我這也才知道，他已經九十一歲了。原本他每天西裝革履，待人非常客氣，沒過幾個月，便不太認得人了。家裡為他請了三班制的特別護理師，在美國的兩個兒子也回來臺灣，繼承父業。前陣子，他搬去和兒子同住。我為他感到高興，有了妻兒在身邊，預祝他會漸漸好起來。

回想我的父親，九十七歲時因感冒轉肺炎，不到一個月就過世。父親過世前，每天都過得很開心，逗孫女玩，腦筋非常好，還會用蠅頭小楷寫信給美國的叔叔。

父親教書教到八十九歲，直到我跟丈夫搬到汐止山上居住，因為有時候沒辦法晚上九點、十點多接送教完課的父親回家，我只好請求父親不要再教課了。之後父親開玩笑地說，自己成了無業遊民。他有位同學、也是校長，九十五歲了還每天上班。我很後悔且自責，當初為什麼勸他不要再教書。

聽說在嘉義有一家餐廳，專門聘請六十五歲以上的長者來工作，讓他們再度有機會奉獻社會，可以找到自己的價值。但如果六十五歲就退休，每天遊山玩水，可以做自己喜歡做的事，其實也是不錯的。

我有位醫師朋友，他每個禮拜幾乎有三、四天穿梭在高爾夫球場上，除了全省打透透，還遠征國外，生活得自由自在，開心過著每一天。他是醫生，一方面看過太多生死，自己又曾動了兩三次大手術，於是決定珍惜當下。他非常豁達，我可做不到，卻非常羨慕。我也有一些親友同學則是在家裡帶孫子，享受含飴弄孫之樂。

上帝給每個人的福分都不一樣。

父親褚保衡教授97歲時留影。該年八月份正計畫去旅行，突感不舒服，感冒轉肺炎去世，竹君萬分不捨。

長壽最重要的是身體健康，否則什麼都是枉然。最幸運的是還有子女能在一旁關照。如同我的系主任鍾老師九十三歲，聽力非常好，但是眼睛跟腿部退化了。他的女兒很孝順，幫他千挑萬選，最後選中了基督徒的外籍看護，在老師家裡照顧著他，也請復健師到家裡為老師做復健。今年教師節老師打電話給我，說話中氣十足，幽默風趣，告訴我復健師要他每天扭屁股，他真不懂，於是叫外籍看護陪他一起做。我說：「老師，小心外籍看護月底要向您收娛樂費！」我們兩個都不禁哈哈大笑。

老師每個禮拜都會去住家附近的教會，教會的師母也常常到他家裡，為他唸新聞或《聖經》。我於是想起，可以將我在《大人社團》所寫的八、九篇文章連結給老師的外籍看護，請她點擊「可以用聽的」音檔，每天播放一篇給老師聽。其中前六篇是四年前剛開始寫專欄時，是沒有錄音檔的文章，我必須補錄，才能讓老師聽到，我很樂意去這麼做。

我母親一〇三歲離世，最後那幾年，她失能又失智，還得承受用氧氣管、插鼻胃管之苦，我覺得很對不起她，讓她備受折磨。可是我們每天在一起，互相擁抱唱歌，帶著像旅行箱的氧氣機，到處去玩。她說這是「為我而活，不覺得苦」。而她也的確是我活下去的動力，因為我有責任照顧她。

邁向暮年，我們應當如何為進入天堂前做好準備？怎樣才能善用在世的日子，讓我們反思如何讓自己靈命增長、裝備自己、應對死亡？

孔子說：「六十而耳順，七十而從心所欲，不逾矩。」我父親就是最好的例子。他的內在修為太豐富了，任何不中聽、不順耳的話與不公平的事，他都能一笑置之，從不生氣、不批評、不責備、不抱怨。每天笑口常開，知足常樂，我想那就是他長壽又健康之道。

想到達這個境界，我還有很漫長的路要學習。

聽竹君
為你朗讀

# 寫作不只自娛娛人，更可以療癒自我、幫助他人

讀者的一字一句，都是很大的鼓勵，感覺有人與我同行。

日前收到一位讀者來信，她寫道，「三十多年前我曾是妳的讀者，很喜歡妳的文章，當時我曾去電雜誌，並留下電話號碼，沒想到妳很親切地回電。那時我要依親在美國的丈夫，出國在即、心情忐忑，妳還請花店送來一束紅玫瑰，謝謝妳！三、四十年過去，滄海桑田，我又在《大人社團》看到妳的文章，才知道這些年妳經歷了父母及摯愛丈夫離世，及妳自己罹癌需終生治療。竹君，我們未曾謀面，從今而

後我會一直為妳加油打氣，祈禱祝福！」

收到這封來信，我心裡感動莫名。三十多年前我曾送花給她，這件事我已經忘記了。我立刻回信感謝她，並問候她的近況。她和我分享這些年來的生活：丈夫從商，她相夫教子，兩個兒子長大成人後，她一人照顧偌大的果園、種植蔬果，更用自己種的有機蔬菜做料理。

她拍了照片傳給我看，當然我也終於看到她的廬山真面目，非常美麗能幹。她告知我，她本來打算獨身，當年她丈夫從美來臺一個月，兩人一起上一個課程，彼此有了好感。課程結束後，丈夫就回美國了，經過數月交往，丈夫來臺娶她，她隨後依親去美國。難怪她當時心裡忐忑不安而寫信給我。我再次向她獻上祝福，並與她約定，下次她回臺，一定要告訴我。

回憶起提筆寫作的緣起，那是四十六年前，那時我還未和丈夫結婚，只是他的祕書。當時《新生報》的出版部經理賴明佶，是我在世新的學長。他記得我在學校時，常向校刊〈小世界〉投稿，於是向我邀稿，請我以「洋老闆與我」為主題撰寫專欄，我婉謝了。

五年後，我和丈夫結婚，明信學長再度鼓勵我。於是我開始在台視的《家庭月刊》連載「嫁作洋人婦」專欄，第一篇就寫〈我替洋婆婆找回了兒子〉。四十多年前，嫁給外國人不像現在那麼普遍，大家好奇吧！專欄連載期間，得到了許多讀者的鼓勵與迴響。

有一次，我搭公車回父母家，站在一位上班族女性身旁，發現她正看著我的文章。那時候我寫的故事都會配上插畫，她看得津津有味，絲毫不知道作者就站在她的旁邊。如今想來，還是很有趣。那時工作繁忙，每個月快到截稿日前，我都很著急。每個星期二，丈夫下班後都會帶我去圓山保齡球館和朋友打球，我會找一個角落坐下來寫稿，只要稿紙和一枝筆，海闊天空任我遨遊。保齡球館的聲音雖然特別嘈雜，但我在自己的小小世界裡寫稿，一點都不會受到干擾。

在〈嫁作洋人婦〉連載的兩年中，我最懷念與《家庭月刊》方主編合作的時光。每個月我們都會共進一次午餐、討論下期專欄的主題。後來專欄集結出書，意外地蟬聯金石堂暢銷書前十名，長達一年多。

在台視《家庭月刊》連載後，陸續有其他媒體來向我邀稿，後來我就同時在《民生報》和《皇冠雜誌》寫專欄，並由皇冠出版社為我出了《嫁作洋人婦》續集。

當時《皇冠雜誌》的莊主編說，我的寫作風格很適合《聯合報》繽紛版，於是我便採納莊主編的建議，向《聯合報》繽紛版投稿。果然聯合報的林主編喜歡我的風格，經常採用我的投稿，更將我的文章選入聯合報出版《愛的圓舞曲——聯副六十個最動人的故事》一書。

感謝貴人林主編，因為有他，我的文章才能集結成第三本書《我還活著，就要開心地活》出版。也感謝公關公司總經理李靜蘭代表醫藥公司、癌症團體大量購買，讓這本書也蟬聯金石堂暢銷書排行榜前十名數週。

六年前，三軍總醫院俞前院長及我的醫生戴明燊主任受邀到《康健雜誌》演講，兩位貴人醫生帶我去分享自己的抗癌故事。分享完，我有幸受邀在《大人社團》寫稿，一寫就六年了。非常感謝《大人社團》給我這個機會，讓我生活有目標，人生有意義。尤其《大人社團》的同仁們非常關心我，他們的來信總讓我倍感興奮與溫馨，感覺有人與我同行。此外，在《大人社團》刊出的〈祖孫情長，母子情更長〉一文，後來被選入國中國文教材，凸顯「親情」的重要，也算是意外之喜。

寫作多年，常會碰到讀者為我加油、打氣，我萬分感恩貴人讀者的支持，更感謝曾經幫助過我的所有貴人主編和最初給我機會的賴明佶學長，因為他們，我才有機會透過文字和讀者交流甚至見面。我由衷鼓勵我的貴人讀者來信或留言給我，您的一字一句我都非常重視，每位讀者的來訊對我都是很大的鼓勵。我更希望讀者也能投稿，或在臉書分享自己的人生故事，因為寫作不只自娛娛人，更可以療癒自我、幫助他人。

聽竹君
為你朗讀

1. 在台視《家庭月刊》連載「嫁作洋人婦」專欄。
2. 《嫁作洋人婦》及續集《中國式的愛》書影。
3. 《我還活著，就要開心地活》書影。
4. 相隔三十多年，海外讀者 Jennifer 在《大人社團》再度看到竹君的文章，兩人透過網路再續前誼，Jennifer 也樂於分享自己的生活點滴。

| | |
|---|---|
| 3 | 1 |
| | 2 |
| 4 | |

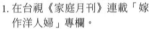

## 年齡越大越體會世事無絕對，理解別人並照顧自己是重點

遭遇人生風浪必然難過失落，用禱告的心情唱讚美詩歌，讓自己感覺內心超脫於外在的黑暗。

在〈寫作不只自娛娛人，更可以療癒自我、幫助他人〉文章中，我鼓勵讀者來信或留言給我。文章發表隔幾天後，收到一位陳姊妹的來信。她告訴我，兩年前她確診 Her 2 乳癌四期，從此走入人生的低谷。

她寫道，某次在癌症希望基金會租借假髮時，看到了我的著作《我還活著，就要開心的活》，深受感動和激勵。她和我一樣「嫁作洋人婦」，所以我在婚姻路上所遇到的文化衝擊，她也感同身受。

不同的是，她的丈夫在她罹癌後，就要求和她離婚。治療期間，她獨自照顧一雙年幼的兒女，精神壓力大到有時讓她懷疑起人生。好在她參加了女性癌友團體，給了她很大的抗癌力量和勇氣，也慢慢走出傷痛，但她仍然擔憂自己的身體病痛、家庭關係，也擔心自己無法陪孩子長大。

她得知我這些年來父母離世，前一陣子又歷經喪夫之痛、癌症五度復發，於是她問我，歷經那麼多的挑戰之後，我是如何依舊安然自在？

陳姊妹的文筆非常好，流暢又感性。她告訴我她的臉書，我看見她端莊優雅大方，有一雙可愛的兒女。我們不只是癌友，更有許多相同之處。唯一不同的是，我女兒已成家，將隨女婿去美國，我一個人須得繼續走未來的路；而她有一雙年幼的兒女，丈夫又堅持要離婚，如果我是她，一定也非常痛苦。

我回信對她說，「嫁作洋人婦」夫妻之間存在文化差異，溝通起來的確更加艱辛。她的心情，我完全理解。而我每次遭遇人生風浪、心中也必然難過失落，但我總會用禱告的心情唱讚美詩歌，讓自己感覺內心超脫於外在的黑暗。

我會想像自己在美麗的山頂上，看著壯麗的山河，被美麗的景致所包圍。雖然苦難仍包圍著我，但我的心情已能逐漸變得平靜安穩。

我在信中寫道，感恩上天讓一雙兒女和癌友團體在身邊陪伴她，成為她抗癌的希望和動力。我更鼓勵她，我們把該做的事都做了，無論是婚姻、癌症或兒女問題，我們都有信心，不要害怕。

記得自己十多年前首次確診癌症時，醫生告訴我，我得的是三陰性乳癌，存活率最多兩年。但我學會用感恩的心面對一切，舉凡家人、好友、同學、讀者都帶給我新的希望，更感謝我的醫生團隊積極治療。漸漸我發現自己生命的轉變，對於許多痛苦，我已能慢慢放下。

年齡越大，我越能體會，這世上許多事情沒有完全的對與錯，理解別人，並讓自己感覺舒坦，這才是最重要的。

現在新冠肺炎疫情肆虐，全球死亡人數已近六百多萬人，感謝臺灣醫護人員的努力跟辛勞，讓我們能在安心的環境下生活。想到我的親友在國外擔心害怕，而我的女兒這個月就要去美國，我所能做的只有為他們禱告。我也會為陳姊妹一同禱告，讓她在風浪黑暗中得到平靜安穩。神愛她，我也愛她。

聽竹君
為你朗讀

# Part 2

# 獨居進行曲

## 萬水千山我終獨行，丈夫走後，必須學習一個人生活

愛，就是付出與欣賞，不求回報。

丈夫過世一個多月，我仍是極度哀傷，望著基隆河，聽著中國十大悲曲之一《江河水》，不禁悲從中來，所有刻骨銘心的種種思緒湧上心頭，我不由自主地大哭起來，不能停止。

我心裡十分傷心，除了丈夫離世，還為了一件小事：女兒不讓我吃冰箱裡的「牛肉麵」料理包。我正在化療期間，需要補充蛋白質，但她也許忘記了，當我問她午餐吃什麼時，她竟回答「熱狗」，讓我覺得難過、心酸又受傷，感覺女兒不在乎我。

女兒二〇一九年十月帶著女婿回臺，因為找工作等諸事不順利，他們兩人決定回美國。女兒十七歲離臺赴美國及英國讀書，西方文化對她的影響很大，如今她已三十一歲、結婚了，是成年人了。丈夫和我全心全意愛著她、栽培她，無論她要跟她丈夫去哪裡，我都獻上祝福。

但我想我必須要自己學習過一個人的生活了。

從女兒女婿二〇一九年十月回臺，到丈夫二〇二〇年一月過世，我的心情像坐雲霄飛車。我看得出來，家中每個人都像隨時會爆炸的壓力鍋。到現在我還不能接受丈夫已離開我了。我每天都在想他。看著他的照片，非常非常的思念他。

我跟女兒女婿說，我很感謝他們的一片孝心，千里迢迢、千山萬水地從國外回來，想陪著我度過晚年，令人感動，但世事難料。如今女兒要跟隨女婿回美國，天經地義。後來他們考慮去香港或新加坡，回臺看我較近，我也很感謝他們的貼心。

我相信他們深愛著我，只是每個人表達「愛」的方式不一樣。女兒後來得知我因為牛肉麵的事情很傷心，她問我：「只不過是一碗牛肉麵，有必要那麼小題大作嗎？」我解釋說，牛肉麵只是引爆點，這段時間，大家的壓力都很大，很小的事都會擦槍走火，因此當下我心中的確很不好受。

第二天他們把牛肉麵煮出來了，我忙於解釋，那碗牛肉麵背後所代表的意義。但我也告訴他們，你們不用急，也不用慌，我若有一碗麵吃，會分給你們吃，我有一碗粥吃，也會分給你們吃。

現在全世界都在為疫情擴散緊張，我告訴他們不用慌，等疫情過後，無論他們想到哪裡，我都給予最大的祝福。不用擔心我，我一個人可以的。

感謝這碗牛肉麵，讓我明白人生的真諦——「愛」，就是付出與欣賞，不求回報。還請女兒女婿原諒我的情緒，讓聖靈充滿我，了解他們的痛苦、鼓勵他們、幫助他們。

這碗牛肉麵也讓我看到自己的軟弱，我想丈夫在天上也看到了。雖然我正在走「流淚谷」，但我的神，還有丈夫都會幫助我的。

我感謝主，在經歷許多的患難，我都向神訴說，正如〈詩篇〉四十二篇第一節：「我的心切慕你，如鹿切慕溪水。」我享受神與我同行，默默地在心裡面禱告。在此感謝所有關心與鼓勵我的貴人們。

聽竹君
為你朗讀

# 如何走出喪偶之痛？
# 支持團體、諮商有助於走出傷痛

給自己時間，悲痛只有自己最清楚，而時間是一帖良藥。

許多國內外研究報告都指出，在生活壓力指數排行榜中，「喪偶」的排名常居第一，如果沒有處理好哀傷情緒，影響身心甚鉅。

如果另一半過世一、兩年後，活著的對方容易出現心臟疾病、高血壓、自殺念頭等健康問題，若在年紀較大時喪偶，情況更為嚴重。我公公就是這樣：婆婆過世一年後，他就隨婆婆到天家了。

今年聖誕節，我又想起鄒叔叔了。他是我父親在香港報館工作的同事，有幾十年的時間，每年聖誕節，我都會收到他寄給我的聖誕卡，親筆和我分享他與妻子的近況。

鄒叔叔比父親年輕許多。父親當時是報社的總編輯，鄒叔叔剛進報社的時候，完全不懂如何編排文章、為文章下標題，他說父親非常有耐心，慢慢教他、鼓勵他，他認為父親是個好老師，也是帶他進這一行的師傅。他跟父親在報館工作了近十年，後來因為報館老闆坐的飛機失事，鄒叔叔無法忍受新老闆的行事風格，選擇離開。沒想到多年後，他們居然在臺灣的同一單位碰面——在香港時，父親與鄒叔叔都是地下情報員，使用化名生活，但彼此都不知道對方有雙重身分，直到兩人來臺，真相才揭曉。

鄒叔叔和妻子膝下無子女，領養了一個女兒。女兒結婚後隨丈夫到美國，又輾轉到中國，鄒叔叔夫婦還是留在臺灣生活。

有一天，我接到他的來信，有七、八頁長。信中告知我，他的妻子已過世，並問我「他該怎麼辦」？他在信中提出幾種做法：第一，跟隨女兒去上海；第二，搬到養老院；第三，一個人留在家裡住，並請照顧服務員每日來家裡四小時，陪伴他並協助他生活大小事。

之前他還可以自由行走、行動沒有問題，但是老伴離去後，他的心靈非常寂寞與空虛。他說，老伴還在的最後一兩年，雖然坐輪椅、身體不好，他常常陪她去醫院，非常忙碌，但是他心裡有「好好活下去」的責任，為的是要照顧老伴。現在他責任已了，他不知道自己要為什麼而活？最後他決定不到上海，也不去養老院，一個人就留在家裡，然後請照顧服務員每天到家裡四小時。

我常約鄒叔叔吃中飯。他牙口不好，每次都點魚，但我和鄒叔叔聊天時，總是越說越起勁，因為我父親已過世，我想從他口中多知道一點有關父親的事，所有事我都喜歡聽，且百聽不厭。我像記者般一個問題接一個問題發問，鄒叔叔腦筋不錯，對於幾十年前與父親共事時的事，由他娓娓道來，歷歷在目。

鄒叔叔來臺後在報社工作，父親則在世新教書。我畢業後，在中國信託工作，工作內容主要是「公關」和「編刊物」，當時八大報和三大晚報的工商記者、總編輯名單都是鄒叔叔提供的。人與人的緣分真是奇妙。

鄒叔叔已於數年前回天家，我常會想起他。我們最後一次共進午餐，他穿了棗紅色外套、同色系的帽子，侃侃而談。他也常和老友見面，一點也不像九十歲的人。我想，他的個性開朗獨立，有老友、老本，喜歡跳舞，自己會找樂子，所以能很快走出喪偶的苦痛。

父親去世後，雖然我們都陪伴在身邊，母親仍悲痛不已。後來丈夫帶我們全家出國旅遊，轉移母親的悲傷情緒，她才慢慢走出了陰霾。

七年前，母親過世，我靠著教會的支持團體和「心理諮商團隊」走出傷痛。團隊的參加者都失去了親人，在心理諮商老師的帶領下，我們用畫畫、堆疊乾燥花等方式，表達出自己內心的聲音，彼此分享，宣洩心裡的悲痛。

若是家人、好友也能給予陪伴和安慰，那是再好也不過了。最重要的是要給自己時間，那種「悲痛」只有自己最清楚，而時間是一帖良藥。我的牧師，也是心理學老師，曾告訴我，他的祖母過世後，每一個月，他都要回臺南老家悼念他的祖母，經兩年多才平復。

上述這些方法，沒有哪一項是最有效的，但只要大家多點關懷和陪伴，或許就可以幫助失去親人的大人走出悲痛。

聽竹君
為你朗讀

## 雖是獨居老人，但改變心境，就不再寂寞與孤單

心若改變，態度跟著改變；態度改變，習慣跟著改變；習慣改變，性格跟著改變；性格改變，人生跟著改變。

疫情肆虐期間，有長達三個星期，因為不能出門，覺得在家裡漫無目的，變得很懶散，不知道整天都在忙些什麼，生活的重心好像只剩下煮三餐，每天早上的精華時間都用在看網路消息，下午兩點開始看新聞，越看越浮躁與不安。

我以為只有我是這樣，會把疫情當藉口，讓自己脫離自律的生活。但在每星期四的教會視訊中，好幾位教友都說有跟我一樣的情形，這陣子身心靈都不安穩，於是我們祈禱、讀經、唱詩，給彼此激勵與提醒。

我問自己，情緒怎麼了？發現自己心中既害怕，又覺得無奈，感覺自己很無助，也很渺小。因為看了太多電視新聞和評論，內心許多負面情緒一擁而上，生活一下子失去目標。

自從不出門以後，有時候一整天也不用說一句話，靜下來之後，我覺得自己必須更加珍惜人跟人的關係，所以開始每天打電話問候朋友、長輩，珍惜每個時刻，一聊就可以聊很久。

我說自己「大門不出，二門不邁」，猶如古代女子，關在家裡。看到新聞報導人們搶購衛生紙和食品，跟在美國的女兒通電話時，隨口告訴了她。沒想到女兒聯繫樓上鄰居太太，鄰居太太馬上送了衛生紙到我家，並且叮嚀我，下次有什麼困難，直接告訴她。我心裡十分感動，有這樣的鄰居真好，特別感恩。

因為心裡害怕，不敢外出買菜，冰箱空空如也。市場水果攤的鄭老闆，幫我買菜、買雞蛋，賣魚的黃老闆也幫我買堅果和其他攤商的食物。社區主委發 LINE 給我，說她要去生機飲食店買生活必需品，問我需要什麼，她可代我買；老同事也發 LINE 給我，問我有什麼需要幫忙的。「社大西洋歌曲班」的同學知道我在化療，特別送來護目鏡及 N95 口罩。這些熱心的關懷，真令人感動。

原本每個月都要進行住院化療，仁心仁術的主治醫師告訴我，為了安全起見，化療要延期了。我獨自一個人在家，什麼都提不起勁，沒有目標，甚至不知道為什麼活著，很可怕。我自己和自己對話。所有準備要讀的書、講義、筆記本，全部攤在眼前，但就是提不起勁，沒有動力。一閒下來，就想念起我丈夫。

幸好我在美國的哥哥，幾乎每天用 LINE 打電話關心我，問我「今天有什麼進步」？為了不想告訴他自己每天無所事事，所以我要找事做。

哥哥的工作是專門研究癌症新藥，去年美國疫情最嚴重時，也沒有改變他的心境。他每天仍照常自己一個人開車去公司，他總是信心滿滿，很會激勵別人。哥哥對自己的要求很高，有一次他要用國語演講，因為他從小在香港長大、十八歲就去美國，他擔心自己的國語有廣東腔，因此事前他請我先用國語把相關資料唸一遍給他聽，做為參考。當他正式演講的時候，我發現他的國語講得非常標準，沒有廣東腔了。

哥哥的努力，讓我覺得很慚愧，我要站起來，不能再病懨懨的逃避生活。在順境中感恩，在逆境中依舊要心存喜樂，認真地活在當下。

這次疫情，幸好身邊有這麼多人關心我，讓我更加感恩。我雖然是「獨居老人」，心境一改變，就不會感覺寂寞與孤單了。我開始思考，網路上那麼多資訊，不同的意見、不同的來源，應該用客觀理性的心態，培養歸納分析及觀察社會現象的能力。

這次疫情，我更覺察「心情轉折」的重要性：
心若改變，態度跟著改變；
態度改變，習慣跟著改變；
習慣改變，性格跟著改變；
性格改變，人生跟著改變。

我們的人民素養非常高，疫情時期都會遵守政府的要求，為自己、為他人。不像有些國家人民認為疫情是個笑話，不當一回事，終於付出慘痛代價。我在家裡非常幸運，想到醫院裡的醫護人員與行政人員、警消人員，以及許多上班族、做生意的人等等，我每日為他們祈禱，希望疫情早日得以控制，恢復以前自由自在的生活，珍惜所有。

聽竹君
為你朗讀

# 獨居老人挑戰三C升級：謝謝年輕人對我們多些耐心

我們這個年齡的大人，想活出自己想要的樣子，從容自在又開心，就必須向年輕人學習三C。

因為疫情，許多聚會和課程都改成視訊會議了。剛開始時還真不習慣，現在覺得很方便。不過，生活確實因此發生了很多改變。比如說社大的「西洋歌曲歡唱班」，以前三十位同學一班，老師每次教完一首新歌，三個人一組到臺上唱，彼此壯膽，歡樂氣氛比較濃厚，現在改成視訊上課，一大群同學在線上，不能同時開麥克風，否則受干擾有雜音，老師就會交代我們下次上課前要交作業。

作業是一個人自己唱，有些同學很厲害，老師剛教完，當天就在群組裡面交作業供大家欣賞，我非常羨慕。我既沒有歌唱天分，唱歌又沒自信，一直要拖到交作業的最後時刻，練到晚上十點多，才敢私下 LINE 給老師。

老師喜歡鼓勵學生，在群組中說我唱得令她「感動」，鼓勵我把作業分享在群組裡，我還是不敢，很沒自信。本來學唱歌是為了娛樂自己，結果因為自己的個性，變得很緊張。

教會的聚會也全都改在線上進行，我最喜歡星期六下午的「三人小組」禱告，兩個半小時視訊時間，可以和組員分享你最近生活中的人事物。我們的組長退休前是華視播音員，我第一次聽她說話，就被她磁性的嗓音所吸引，我把我的文章錄音檔奉上，請她指正。她告訴我，每個人的聲音都有自己的特色，我不是要從事播音工作，只要把稿子唸順即可。

另一位組員淑珠是公務員退休。我們三人年齡相近，有很多話題可分享。淑珠非常好學，介紹我和組長參加「驚艷古帝國」線上課程，介紹今昔的以色列、埃及、阿富汗等帝國，老師對照《聖經》一一解釋，很精彩。

只是課程圖片很多，我沒去過埃及，用手機看不清楚。同學建議我把手機接到電視上上課，就看得清楚了。年輕的電器行老闆幫我把連接線買好，也教會我如何使用，並且耐心地等我寫筆記。

第二次上課之前，我自己先預習課程，發現無法正常連線。電器行的老闆非常熱心，日正當中還趕來我家，他一試再試，覺得前一天帶來的連接線有問題，幫我拿回去換，我很感謝這位年輕老闆，他的熱誠令人感動。

淑珠的兒子住在她樓上，女兒則和她同住。她說，最初使用所有三C產品都靠兒女幫忙，她對兒女非常客氣和尊重，並以他們為榮。但她很敏銳，發現兒女出現不耐煩的表情，立刻轉向找店家的帥哥美女，他們有業績壓力，一定熱心幫她解決問題，看淑珠寫筆記，更有耐心的教她，並介紹新產品。

最後她決定幫自己所有的三C產品升級。買就買最高級的，忙了、省了一輩子，現在要為自己活了。她說：以前都是兒女買新手機或新電腦的時候，她接手他們的舊手機、電腦，現在用了頂級三C產品，「回不去了」。兒子半夜一兩點看她房門下透出燈光，都會敲門提醒母親，不要再追劇了，早點休息，並說母親是「重度」三C使用者。淑珠的個性是，要學就要弄得清清楚楚，她現在變成三C達人，不用再受別人投來輕蔑的眼光，子女對她的好學精神非常佩服與尊敬。

這兩天來修理冷氣的師傅助理，我看他很靦腆的樣子，他說自己大學剛畢業，正在等當兵，所以跟著叔叔做零工。我說你是獨生子，你媽媽常常問你電腦方面的問題，她是否會一問再問？他非常訝異我怎麼知道，我說：因為我就是和你媽媽一樣，很煩人啊！

以前丈夫在的時候，每次三C產品有問題，我會問丈夫。丈夫離開了，我只能透過電話或親臨店家去請教。我會請店家教我，下次碰到相同問題，我就可以知道怎麼處理。有時店家會問我，可不可以叫你小孩教你？我回說自己是「獨居老人」。他們若有空，便會耐心教我。

網路是E世代的重要溝通媒介與活動場域，透過網路可以跟世界接軌，我們這個年齡的大人，想照著自己的感覺，活出自己想要的樣子，「從容自在又開心」，就必須向年輕人學習三C產品，否則就落伍了，也會與朋友和世界脫節。

期盼年輕人多一點耐心，回想他們兒時，同一個問題，可以問個十幾遍，那時候做母親的我們，一點都不會不耐煩，還非常開心的回答。

記得我女兒三歲的時候，很喜歡手上拿著紙筆，用溫柔的聲音問我跟我的母親：「請問您要喝卡布奇諾，還是奶茶？」我跟母親回答後不到三分鐘，她又再問一遍，樂此不疲，有時候問十幾遍也不罷休。母親反而問我，她長大是不是要去開咖啡店呢？我心裡知道，她在玩「扮家家酒」。光陰似箭，轉眼她已三十一歲，是成家的年輕人了。

聽竹君
為你朗讀

# 打疫苗心煩意亂，卻醒悟心裡要平靜安穩

接受生命無常的自然變化過程，放下執念與過往的舊習慣，重組內心的視野，改變自己。

新冠疫情人心惶惶，政府宣布開放長者注射疫苗，只要家中有長輩，做子女的都特別緊張。政府又說要透過網路預約，更是讓一家人緊張兮兮。結果預約打疫苗的長輩，很多都是子孫在國內外上網幫他們完成預約。

我的系主任鍾老師九十七歲，有一位非常孝順幹練的女兒。女兒在電腦前搞得人仰馬翻，終於預約好了，總算拿到號碼。開放疫苗施打的第一天，她推著老父親去接種疫苗站打疫苗，誰知道人山人海，氣溫又高，不照預約號碼施打。老人家生氣了，跟女兒說：「不要打了，回家吧！」女兒嚇壞了，去跟他們理論。她回家後，傳LINE給我，我安慰她說：老師心裡是很欣慰的，因為他有一個孝順的好女兒。

那天在電視新聞上，看到一個背影畫面令人動容：一位年輕人，用最溫柔的「公主抱」，抱著九十三歲，五十公斤的老阿公，步行走下三百公尺長的山坡階梯打疫苗，打完，又將老阿公抱上長長山坡的階梯。鄰居說：那是臺灣最美的風景。

我居住在舊金山的姪女，擔心她母親打疫苗後會有副作用。我主動提出，邀請她的母親來我家裡住兩天，由我來照顧她。結果她一直聯絡不上她的母親，非常焦慮。幸好最後聯絡上，她的母親說，鄰居會幫忙照顧，我的姪女才放心。

在美國的女兒，比我更緊張，上網找了很多資訊，叫我先做功課，還要我去問我的腫瘤科醫生，仍在化療中的我，可不可以打疫苗？我患有心律不整，女兒也要我去問心臟科醫生。過了兩天，女兒的電話又來了，第一句話就是：「問醫生了沒有？」她人雖在世界的另一端，還是很關心我啊。

政府宣布非常時期「三级警戒」一延再延，超過兩個月。很多人都按捺不住了。我有好些群組朋友，有的在LINE上秀出自己的每日菜單，有的編「疫情笑話」、「疫情歌曲」，自娛娛人，苦中作樂。

網路上有關如何認識各種疫苗及副作用，醫生親自上陣，講解得非常清楚，也分享注射疫苗前後注意事項。我們善用網路知識，但要分辨假消息，對疫苗相關資訊了解後，就不會太過焦慮。

參加線上「讀經禱告」，本來幾乎每個人都因為打疫苗的事心煩意亂，經過彼此禱告鼓勵，一致認為外界環境越是混亂，心裡越要平靜安穩，要有信心，才能幫助我們理解、判斷和做決定，保護自己也保護別人。

三級警戒，對身為獨居老人的我，有些影響。平日水果攤和魚攤的老闆，他們送貨來，我都會準備茶水及點心，和他們聊上幾句。他們常主動幫忙我搬重物，也都是我的 VIP 讀者好友，我非常感謝與尊敬他們。

疫情下，東西都只能送到警衛室的門口，Uber 送餐也只送到門口。如果我沒有在線上固定每星期參加教會「小組讀經禱告」，又足不出戶，疫情過後，我很怕自己得了失智症，因為我一個人，可以三、五天不用講話，因此我常打電話問候好友。

這讓我想起我有位專研禪修的同學，每天靜坐，一個禮拜不說話，對她來說很正常，於是我打電話給她，向她請教。她是我到臺灣認識的第一位好友同學，曾經一個人帶著七歲跟十歲的兒子到加拿大多倫多住了十九年，她的丈夫不適應加拿大，留在臺灣。兒子二十六歲和二十九歲時，跟隨她回國。小兒子後來也喜歡禪修，常去印度。

她說，禪修是種古老的修行方法，不但能清淨我們的大腦意識，還可對身體起到淨化的作用，使我們擁有清淨的心，四兩撥千金地透視問題的癥結。

透過靜坐，我們可以看到內心所有念頭的起源，再從看清到釋懷。如此一來，就不致因為外在環境的紛亂變動，影響我們內心的平靜。她比喻生命猶如長河一般，我們每個人都像在生命長流裡的水泡，每一個小水泡從長河中生起，最後都回歸生命的大海中。透過正念思維及禪修，接受生命無常的自然變化過程，放下執念與過往的舊習慣，重組內心的視野，改變自己，從而改變人生和命運。

聽完她的話，我想著許多醫護人員及前線人員的辛勞，心中充滿感恩與祝福。教會小組長說：我們要活得平靜安穩，更要活得有力量，活得有尊嚴。在辛苦的逆境中，大家要更堅強，讓生命更有韌性。

無論外在環境疫情如何肆虐，我活在當下，內在都是藍天下的彩虹，大家共同努力，度過難關，臺灣加油！

聽竹君
為你朗讀

# 疫情下獨居，我更要學習喜樂、關懷與感恩

低潮痛苦中告訴自己「幸好」、「還好有」，就能逢凶化吉，化險為夷。

疫情下，人心惶惶，心裡沒有平安的人們很多，有人說，你不知道身旁的人是不是染疫，坐捷運時候就很明顯。我一向個性緊張又謹慎，在疫情中發現自己是如此的軟弱和膽怯，幸好有許許多多的貴人可以求助，他們扶持我、幫助我，讓我知道自己不能悲觀，要積極樂觀去面對現實，帶著感恩的心，開心的活著，更要帶給

認識及不認識的有緣人關懷、安慰和快樂。

最讓我煩惱的是，每個月我都要去醫院化療，疫情和癌症弄得我非常糾結。我這種終身化療的癌症病人，如果去化療時染疫，變重症的可能性非常大，我又是獨居老人，一個人越想越害怕，想著萬一我不是死於癌症，而是死於染疫，怎麼辦？

於是我向我的主治醫師求救，他讓我多活了十年，已經是奇蹟，我的每一天都是多出來的。上帝賜給我一位仁心仁術的良醫戴明燊主任。除了醫術高明，更懂得病人恐懼的心情。他非常有耐心、同理心，在延遲和取消化療中，想出折衷方法，讓我免於恐懼。我心中萬分感謝，我每天在晨禱中為我的貴人們禱告，求主保佑他們及家人平安。

前些日子雨下個不停，靠近窗邊往外看，大雨不停的打著窗戶，好像打在我的心頭上，心情很低落。因為我已經好幾個月沒出門了。

幸好有教會的晨禱及小組讀經線上聚會，讓每個人分享自己的讀經感受。有一天，我分享完了一大串心裡的苦痛，我們的組長，她說：「妳每說出一個痛，總是會說一句『幸好……』、『還好有……』，表示主耶穌一直跟妳同在，逢凶化吉，化險為夷。」

疫情中，我在家裡不用出門，只要用手機，就可以找到貴人，給我幫助，真的非常感恩。我特別打電話想安慰好幾位和我一樣是「獨居老人」的朋友，其中一位九十多歲的呂媽媽，是我媽媽的麻將好友，也是老鄰居，她三十九歲就守寡，比我堅強一百倍，她說她一生自由自在，任何苦難都熬過來了。我要安慰她，反而得到她的祝福。

我八十六歲的堂嫂，她每天追劇、在線上打麻將，還要每天買便當，非常忙碌耶！接到我的電話時，她一開口就說遠在美國的女兒非常關心她，常寄東西給她，其實她女兒也常寄東西給我。她一直說有個孝順的女兒，此生值矣。

她知足常樂，什麼也不怕，每星期照常去洗頭做頭髮，我說「要保持安全距離呀」，她說她知道，美髮師都有打三針疫苗。如果有事，她可以找樓下警衛或鄰居幫忙。每天早上八點，就有政府機關打電話來慰問她是否安好，她叫我也去申請，我說我不需要。

幾個月前，有一次教會突然來了一位新教友，她說自己叫畫眉鳥，她一來就跟大家說，她中了樂透，因為她抽到社會住宅，第二個禮拜就帶著我們去參觀她的「好」宅。麻雀雖小，五臟俱全，而且座落在繁華的內湖科學園區，我親眼看著它蓋起來，外觀豪華摩登，我起初以為是辦公大樓。我們的組長常帶著她和我在線上一起做「拍打操」。

還有一位我的獨居老人同學，十八年前，得了癌症、去年復發，本來她不願意告訴任何人，她很堅強，不像我這類人，一天到晚都在說自己的軟弱無力。她很能幹，年輕的時候，是旅行社老闆，還親自帶團。

我那時候上班很忙，每次她帶團，我就很放心的讓我的母親跟著她去，我那個性豪邁的母親，每次第一天到達，就立刻把錢都花光了，然後向我同學借，母親說：「女兒是我的銀行，跟她拿就行了。」母親什麼都不用愁，她說有我就夠了。母親能這樣說，我是很開心的。我自省，那不是驕傲，是有位那麼信任我的母親，我們母女情緣如此深。

疫情中我問我自己，我不知道我還能夠活多久，看到電視新聞很難過，幸好心中有神很重要，可以是快樂的泉源，更是我的避難所，我覺得自己非常幸運，很感謝身邊幫助我的所有貴人朋友，甚至常常和從未謀面的陌生人，像老友般的互相鼓勵，溫情滿人間。

祝願疫情快些平復，讓大家可以相聚，生活回到平靜安穩和喜樂中。

聽竹君
為你朗讀

## 練合唱、學鋼琴，把熟齡獨居過得有滋有味

即使人生最後一段路是一個人走，還是可以透過有形無形的方式彼此陪伴。

過去許多文獻認為，老人因為各種原因被迫獨自居住，缺乏家人的照顧，孤寂地面對老化，是罹患老年憂鬱症的高危險群。但隨著社會變遷，一切都有了改變。

丈夫去世、女兒赴美後，很多人關心地問我，「獨居老人」的感覺如何？

說實在的，從小到老，都沒有一個人居住過，總是有親人同住。年輕時照顧年邁的父母親，父親過世後，母親和我們同住二十三年過世；後來女兒到國外求學，我和丈夫兩個人過得忙碌而愉快，彼此相依為命。

從來沒有想過有一天我會變成「獨居老人」。但我告訴自己，要做一個快樂的「獨居老人」。

我參加「社區大學」所開的「西洋歌曲歡唱班」課程，一班三十位同學，老師每堂課都會教一首新歌，從英文開始教起，再教唱旋律，大家程度都很好，很快就可以上手。唯獨我有些擔心，因為我正在化療，全程戴口罩唱歌。老師很細心，用塑膠袋套住麥克風預防飛沫，但我仍然自備麥克風，因為我的免疫力太差了。

歌唱班的同學都喜歡唱歌，而且深知唱歌對身體的好處，很享受一起唱歌的快樂。我們有個 LINE 群組，我分享我的文章上去，有位同學立刻回應：我是妳的粉絲，看過妳的文章，聽過妳的錄音。

大家都很有愛心的鼓勵我。老師個性活潑開朗又有智慧，她的父母親也是癌友，她很有同理心與愛心。

除了到社區大學上課外，我每星期都會去三軍總醫院的「英文研究班」授課，延續丈夫在擔任義工英文老師長達九年的精神，也交了非常要好的好朋友。他們的陪伴與關心，等於家人，大家常安排餐敘還有旅遊，有他們的陪伴，我不孤單。

原本在教會相處二十年的老朋友，因為疫情的關係，已久未相聚，雖然彼此思念，也只敢在 LINE 群組上互相關心、聽牧師講道。但最近我每週會到住家附近的教會，參加「小組讀經禱告」，只有六、七人，一起為家人好友及他們所在的國家禱告。

二十年前，陪女兒學鋼琴的時候，我也學過一陣子。為了不使我的獨居生活太孤單，也不讓女兒的鋼琴成為昂貴的家具，我請鋼琴老師每個禮拜來家裡一次，重新學鋼琴。

丈夫剛過世時，我不敢約老同學和老朋友見面，一方面是自己癌症復發，而且自己心裡也沒有準備好，怕自己忍不住向別人訴苦，將負面情緒傳染給朋友。但我接受了諮商師的心理輔導半年多，現在已逐漸走出悲傷的陰霾。我們應該彼此正向思考，彼此鼓勵，向前看。

《大人社團》的前總編輯賀先蕙鼓勵我：「即使人生最後一段路是一個人走，但大家還是可以透過有形無形的方式彼此陪伴。」因此我決定要讓我的「獨居老人」生活過得有滋有味，才不會辜負許多人對我的關懷和愛護。謝謝大家。

聽竹君
為你朗讀

## 無論兒女是否在身邊，只要彼此關心，一樣感受到親情

只要彼此尊重，不分年齡，都可以聊天，老人千萬不可說教，要用同理心。

我和社大「西洋歌曲歡唱班」、「鋼琴班」認識的同學，共組了一個「無代溝」群組，從三十多歲、四十歲、五十歲到六、七十歲的同學都在裡面。記得疫情擴散前，星期六中午下課後，我們一起餐敘，從中餐聊到晚餐，無所不談，暢所欲言，相互了解，非常開心。年輕的朋友，非常有見地，很多主張與看法都令人佩服，別

以為他們年輕，見解很有深度。

三十幾歲的男生女生，男的帥、彬彬有禮，女的美、活潑大方，都在科技公司工作，卻都沒有真正的男女朋友，也沒有可聊心事的同事。他們經濟獨立、聰明幹練，唯一最愛的是虛擬的「線上遊戲」。男生說自己喜歡打排球，但他沒有找朋友一起打，大家說他「太宅了」。那天真活潑開朗的女生說，她高中時曾是學校的排球隊代表，我們瞎起鬨，叫他們兩個約一約，一起打排球。

世代不同，現在的年輕人承受到很大的壓力，所以很多人選擇不婚，不生。老一代的我們，千萬不能倚老賣老，很多新的事物都要向年輕人學習。只要彼此尊重，不分年齡，都可以聊天，老人千萬不可說教，要用同理心。

我們從年輕人身上可以看到勇敢、活潑、天真的特質，如同看到年輕時候的自己。我們在「無代溝」群組裡和年輕人可以談得那麼和諧，與自己的成年子女相處又是如何呢？我的看法是，孩子有他們的世界，讓他們自己去闖，他們不屬於我們——學會放手，只需祝福，只做他們的後盾。

以「無代溝群組」裡的海倫來說，她令我非常佩服：丈夫過世二十三年，她栽培了兩個兒子出國讀書，現已成家立業。她常說兒子媳婦對她很孝順，她跟兒孫住一起，卻從來不會干涉孩子家裡的事。她有自己的生活圈，琴棋書畫樣樣通，非常忙碌，自己過得很愉快。

成年子女有自己的生活圈，我們可以多用鼓勵代替要求與責備。同時也要承認自己老了，身體也不如從前。現在很多三C產品、網路方面日新月異，我們要虛心向他們請教並致謝。有時候對事情的看法，孩子看的角度比我們看得深及遠呢！

現在年輕人有他們自己的想法，跟我們那一代是不一樣的，沒有誰對誰錯，只是因為我們成長在不一樣的時空大環境。孩子的人生還需要經歷多一點磨難與歷練，才能體諒老父母。

孩子成年後有很大的壓力，如果孩子已成家，他們的壓力更大。有時候不想說出來，怕父母擔心，或是不知道如何釋放壓力，內心壓抑著，所以對親人說話，有時會比較沒有修飾與分寸，有話直說或口氣不好，並沒有想到這樣很傷父母心。

同時，孩子也比較容易對自己的父母發洩情緒，因為他們知道父母會原諒他們。對別人，他們反而不敢也不會這麼做。他們不是不愛、不尊重父母，只是愛的表達不一樣。

孩子對最親的父母，有時會忘記界線，甚至對父母為他們所做的一切視為「理所當然」，讓父母感到失望與傷心。但父母要相信孩子內心是愛與關心父母的，只是用的不是父母期待的表達方式，父母要「用心」感受與慢慢體會。

現在臺灣疫情嚴峻，在三級警戒下，就算親人近在咫尺，但難以相見，彷彿遠在天邊。用網路聊天，是維繫親情很不錯的方式。無論兒女是否在身邊，只要我們彼此關心，都一樣可以感受到親情。最重要的是，我們老人家要把自己身體顧好，不給子女添麻煩。內心要堅強勇敢，態度要溫柔慈悲，不過度依賴子女。

和其他年輕人相處，反而比和自己的子女相處容易，因為「無所求」，彼此懷著「客氣」、「尊重」、「欣賞」與「感謝」的心情，雙方自然比較容易溝通與相處。但是如果父母與子女都非常有智慧，也是可以做得到的。

聽竹君
為你朗讀

# 在母親節前夕寫一封信，和深愛的女兒先說再見

事先跟妳說「四道」：道謝、道愛、道歉及事先道別，以防萬一。

母親節要到了，疫情卻越來越嚴重，我不敢出門，因為我是高風險族群，萬一染疫了，我會來不及和遠在美國的女兒說「再見」，所以，我寫了這封信給她。

親親寶貝：

我寫這封信給妳，雖然妳遠在太平洋的那一端，可是妳永遠都在我心裡，在我眼前。

家裡除了陽臺沒辦法放妳的照片、怕被雨淋濕之外，每個房間、每個角落，都放有妳成長每個階段的照片。尤其是妳的博士照。

妳那時候給了我九張，讓我選出一張來。我有白內障、看不清楚，把它們放大印出來，一張張仔細看，終於選出一張笑容最燦爛的，和妳兒時的笑容一樣，那麼眞心、那麼自然。

妳那九張照片，我就把它們放在家裡的每個角落。

本來妳和丈夫準備六月初回臺看我，假也請好了，機票都買好了。但天有不測之風雲，四月份疫情突然變嚴重，連美國政府日前都呼籲國民此時不適合去臺灣旅遊。我每天躲在家裡，哪裡都不敢去。因爲我是獨居老人，萬一我不幸染疫而不在了，來不及跟妳說「再見」。

我在母親節前夕，先跟妳說一聲謝謝，謝謝我們母女一場，三十年來的母親節，妳從來沒有忘記對我說「母親節快樂」。我非常謝謝上帝賜給我一個好女兒，從嬰兒時期，下班後，我就每天對著妳說「大人話」，我認爲妳聽得懂。我們全家給妳滿滿的愛，妳是家裡的寶貝，以妳爲中心，我們一家五口外出（包括我的父母），我心裡有滿滿說不出的滿足和感恩。謝謝妳帶給我們一家人許許多多的快樂。

可能我們都太愛妳，也太寵妳了，我的母親忠告我很多次，不能太寵小孩。我們什麼都依妳，只要妳開心，讓妳自由發展。妳也非常聰明，非常了解我跟妳父親的個性，我說「不」，妳就會遊說父親。

妳十七歲中學畢業，就到美國去讀大學。妳一直想養一隻小狗，我不同意，因爲我們都認知畢業後，妳要回臺灣，而且寒暑假都要回來，那隻狗怎麼辦？沒想到妳還是養了小狗，並且說服父親爲妳保守祕密。直到多年後，妳從紐約去倫敦讀博士，我發現機票價格有問題，才知道這個祕密。

現在妳的丈夫認爲這隻狗好像綁著你們了，回臺灣或出國，還要安排牠。當初做選擇和決定時就應想到後果，這是責任啊！以後有小孩的話，我相信你們會好好照顧和教育。

對妳的愛，對妳的感謝，眞是說不盡、道不完，也要跟妳說抱歉，我不是一個完美的母親，我沒有辦法像我父親有那樣高度的修養和智慧，在妳的青春叛逆期，我眞的不知如何是好，因爲我自己從來沒有叛逆期，我跟我的父母親的感情是那麼緊密，我以爲妳和我也會這樣。

我錯了，每個人個性不同。我做得不夠好的地方，請妳原諒我。

我深知妳心裡是愛我的、是非常關心我的。可是妳有妳的苦衷，妳結婚了，要以丈夫爲中心，我應該學會放手、放心，只要每天爲妳禱告祝福，希望妳跟妳丈夫幸福美滿，妳做妳喜歡做的事，遇到任何困難，都可以熬過去。

妳有顆善良的心，但要懂得保護自己，做個有智慧和才德的女人。

我要事先跟妳說「四道」：道謝、道愛、道歉及事先道別，以防萬一。我永遠愛妳。我的親親寶貝。我眞想「母女談心」，好好擁抱妳。

永遠愛妳的母親

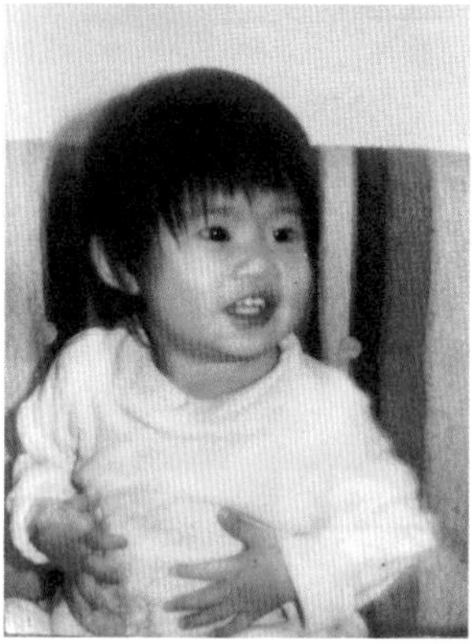

女兒是我們全家最重要的支柱

聽竹君
為你朗讀

# Part 3

# 晚美關係

# 用三個方法做有智慧的長者，不讓家人為愛掙扎

用儆醒、愛與勇氣，改善自己與家人關係。

我的教友淑珠，三年前丈夫胃癌末期，住進加護病房。淑珠和兒子認為，若再積極治療甚至插管急救，只是延長丈夫的痛苦，但女兒不捨父親，結果兒子和女兒間爆發肢體衝突，互告家暴，鬧上法庭，女兒搬離家中，家庭關係頓時陷入冷戰，持續了兩年多。

二〇二〇年下半年，我在教會的「每星期小組查經禱告」認識淑珠，那時我剛喪夫半年，心中有許多苦痛和悲傷。她剛好坐我對面，當時的我們是「苦瓜對苦瓜」，每次輪到我們兩人分享，總是大吐苦水。但是經過一年多，她說自己已經變成了「蜜蘋果」，我是親眼目睹她的變化。

淑珠分享，她用了「ＡＢＣ」三個方法改善自己和女兒的關係：

### Alert：儆醒

淑珠覺察自己的「心理框架」需要調整。心理框架是由社會文化、個人成長經驗、教育、宗教信仰和無意識的偏見等因素所塑成，會影響我們的人際互動，尤其是最親的家人。淑珠調整了自己看待家庭問題的角度，也就改變了和女兒的互動方式。

### Benevolence：慈悲與愛

當年，淑珠夫婦忙於賺錢養家，把幼年的女兒交給婆婆照顧，所以在丈夫生病之前，淑珠和女兒沒有很多互動，三十多年來，兩人的關係就像「平行線」。女兒離家一年多後，有一天突然三更半夜回家，因為她身體不舒服。淑珠雖然因為丈夫的事和女兒有過不愉快，但她想起「愛裡無刑罰」，於是她除了陪女兒看醫生，每天更親自為女兒費時費力熬雞精、南瓜濃湯，還用蘋果、紅蘿蔔、馬鈴薯加入檸檬汁，榨成蔬果汁，變化早餐菜色。

她無微不至的照顧，治好了女兒的胃潰瘍，更讓女兒有足夠的營養，撰寫博士論文。慢慢地，母女關係好轉，淑珠和女兒現在已經無話不談，而且女兒每天上班前，都會請淑珠為她禱告。

## Courage：勇氣

淑珠有勇氣說出自己的家庭故事，也透過教會牧師協助，邀請女兒一起參加相關課程，讓母女兩人看見自己的弱點和盲點、向彼此道歉，最終化解心結，擁有比過去更為緊密的母女關係。

除了儆醒、慈悲與愛、勇氣這三個方法外，淑珠的故事也提醒了我，如果當初淑珠的丈夫有機會提前思考自己最後一哩路的醫療決策，他的兒女就不會為了「怎麼做才是對父親最好」而引發衝突。因此，每個人都必須預立「遺囑」，並關注「病人自主權利」、「安寧緩和」、「全人善終」等資訊，提前為自己做好安排。

我雖然已經在健保卡上註記，放棄「插管」等一切侵入性治療，可是現在有新法上路。《病人自主權利法》規定，如果要放棄維持生命治療、人工營養及流體餵養等醫療選項，必須由本人及二親等內親屬至少一人，到醫院進行「預立醫療照護諮商」（ACP）後，由本人簽署「預立醫療決定」（AD），方能生效。

心理學上有個「周哈里窗」（Johari Window）理論，把人分成四個部分，分別是「隱私的我」、「公開的我」、「自己不知道的我」、「未知的我」。其中「自己不知道的我」有盲點，容易孤芳自賞；「未知的我」則非常寬廣。

我很敬佩淑珠及家人願意公開自己的故事，幫助更多的人。分享得越多，越能看清自己的盲點，勇敢面對，最終豁然開朗。

人有時候會有很多盲點，自己不知道，但當知道的時候，重新領悟，心中會非常舒坦。心理健康的人，「公開的我」越大，心裡越自在，處處都能站得住腳，自在進出，有所突破。祝福淑珠一家人，在上帝的恩典中，享受豐盛的人生。

淑珠與兒子合影。

淑珠與女兒合影。

聽竹君
為你朗讀

# 長輩該如何看待子女的婚姻？學著用愛接納彼此

對於來自異國的新進家庭成員，要將心比心，用愛心去接納對方。

疫情還不嚴重的時候，我每週四都會去教會參加「小組聚會」。我們的組長非常幹練，大學畢業後，在媒體工作，非常忙碌，一生努力不懈，直到退休。組長說話字正腔圓，口條極好，又見聞廣博，很有思想，平常聽她說話就是一種享受。

組長有天很高興地宣布她快要娶媳婦了，不過她們全家先要去一趟越南提親。

中午聚餐的時候，我們都忍不住追問，您的媳婦是越南籍？我們都知道，組長的兒子十七歲就到美國讀大學及研究所，畢業後在美工作一段時間，因為兒子孝順，決定回臺陪伴父母度過晚年，他是一個愛家的人。因為父親一生都奉獻於金融業，兒子從小耳濡目染，回臺後也在金融界發展。

熬不過我們這群又關心又好奇的組員一直追問，她向我們娓娓道來這段異國姻緣。有一天，組長無意中看到兒子手機上面是位年輕姑娘的照片，她就直接問兒子，是妳的女朋友嗎？認識多久了？

兒子坦白說：三年前，他們一行帶著從國外回臺的同學去宜蘭羅東玩，剛好在公園碰到一群女孩。她們是越南籍的護理師，和臺北某大醫院簽約，分派到羅東醫院工作，組長的兒子就和其中一位女孩交換了電話，因為她來臺已二年半，一直沒有機會到臺北玩，還有半年就要回越南，組長兒子一聽，自願做她的嚮導。他們交往半年後，越南籍的護理師女孩回家鄉了，他們就談起「遠距離戀愛」快三年。

組長做人做事一向非常嚴謹，又有智慧和愛心，她認為如果兒子喜歡這位姑娘、願意娶她為妻子，就不要耽誤人家，我們去提親吧！組長很了解自己的兒子，他不是那種外貌協會的人，但組長還是希望看看那個女孩，是哪一點吸引他的兒子。當組長看到那位姑娘的時候，她心裡有數了。

女孩是那種可愛型的，溫柔婉約，說話輕聲細語，像極了組長母親的個性。組長想起年輕時自己在工作上不斷打拚，兒子是她母親帶大的，當兒子從這位女孩身上找到他外婆的影子，他是自然被吸引，語言和文化已經是次要了。

組長的母親是位將軍夫人，有大智慧，做人處事講求圓融，但也很有原則，個性外圓內方，這位越南女孩也是這樣。組長一家人到越南之後，見過了親家，知道對方也是一個大家族，是正派人家，組長才放心。

組長夫婦與兒子、媳婦全家出遊，和樂融融。

去年四月，我們在臺灣參加了他們的婚禮。這對年輕夫婦結婚之後，住在組長家附近，組長和媳婦商量，不必急著找工作，第一年先去學校學國語，因為溝通很重要。一年後，這位女孩果然找到一份理想的工作，在人力仲介公司上班，勝任愉快。

近日這對小夫婦在裝潢新房子，所以暫時搬來和組長一起住。組長說媳婦非常聰明，常在一旁學習觀摩，了解後主動幫忙。愛神愛人的組長，很有愛心，雖然和媳婦從來沒有相處過，但因為媳婦是兒子愛的，當然也要愛她。

個性開朗樂觀卻獨立自主的組長，結婚幾十年，她說自己常看到媳婦對兒子撒嬌般地說話：「老公啊！請你幫忙一下老婆好嗎？」兒子很快就來幫忙了。我們開玩笑問組長，她是否也試過用這種撒嬌的口氣和結褵數十年的丈夫說話嗎？她搖搖頭，不過她說，在一旁看這對小夫妻相處，覺得很有趣。只要兒子高興，媳婦開心，她就開心了。

組長的女兒長年在國外，上帝卻安排了另外一個女兒給她。從媳婦那兒，組長了解了更多兒子心裡所想的，還有許多是兒子從來沒跟她提起的「過去的女朋友」，媳婦反而知道，婆媳倆常常「母女談心」，組長是蒙福的。

在「晨禱」時，我看到組長認真的讀經禱告分享，有主耶穌跟她同在，天天喜樂，勇敢向前行，為主做見證，她是我佩服的智慧組長，祝福滿滿。

根據內政部統計資料，臺灣新住民人數大約六十萬人。新住民到一個新的國家，面對語言文化的不同，的確需要很大的勇氣，但也不是每個人都能適應得很好。我們將心比心，如果我們到另外一個國家去生活，也不是那麼容易去適應，彼此都要用愛心去接納對方。我們組長的媳婦，為愛走天涯，她是很幸運的，在充滿愛的家裡是幸福的。

聽竹君
為你朗讀

# 與女兒、洋女婿同住，讓我想起自己過去的日子

尊重子女的生活方式，用愛與包容，才能愛得彼此心裡舒坦。

千盼萬盼，女兒十七歲出國讀大學，九年後，終於完成學業，回家了。還帶著準丈夫，和一隻流浪狗。她把所有家當一起帶回來，說「要陪伴年老生病的父母親」，我和丈夫非常欣慰高興。

九年來，每年聖誕節她一定回來和家人團聚，暑假則安排實習與工作。每次回來一星期，都是匆匆相聚。今仔細看看她，她已從少女變為能幹又有書卷味的小婦人。

女兒遺傳了我的一點是，什麼事都要跟洋丈夫商量，什麼事都要記錄。她的洋準丈夫是多年前經朋友介紹，在紐約認識的。當時他是電腦工程師，女兒正在讀碩士，她開門見山就跟他說：「我以後要回臺灣的，除非你也一齊去，否則大家不要浪費時間。」沒想到對方一口答應，因此女兒跟我說，電腦工程師，在世界各地都可以工作。

女兒紐約大學畢業後，回臺灣找工作，因為唸的是犯罪心理學，碰壁多次。經高人指點，由於所學在臺灣太冷門，不好找工作，若要到大學教書，則必須取得博士學位。因此女兒又到英國倫敦大學繼續攻讀學位，改唸臨床心理學，男友向公司請調，也跟著一起飛到英國，一下子就三年了。

但是她的準丈夫工作的公司，在臺沒有分公司，而準丈夫已經做了電腦工程師

丈夫菲利普最早知道女兒養狗，「英雄」來到臺北家中後也忠誠、溫暖地陪伴著他。

八年，這時三十歲的他要做一個改變：「財務分析師」是他的夢想。因為他在學校主修電腦，副修經濟，且一直在基金公司做電腦工程師。

我每天為他禱告，第一他要學語言，第二他要適應文化，他必須經歷文化的衝擊，還要問許多的「為什麼」。目前全臺灣約有一萬四千名美國人，希望他能順順利利成為其中一人，且喜歡這裡。

要轉換到新的行業，不但要適應新環境，更要從頭開始、考執照等。我很擔心。當女兒和準丈夫在戶政事務所登記結婚時，他想通了，突然對我說：臺灣的薪資不能和國外比，且有一家五口要養（其中一口是他們帶回來的狗），他現在要積極找工作，什麼工作都可以。我跟他說，你只要顧你們一家三口，我與丈夫可自給自足，不會增加你們的負擔。

上帝要透過女兒步入我的後塵，讓我了解與體會當年父母親是如何用「愛與包容」對待我和丈夫。那時我雖已婚，和父母同住，我和丈夫只顧上班，父親和母親幫忙我們將家顧得好好的，回家有熱菜飯迎接我們，家中所有事，父母親都會打理好，我真是太享福了，而他們從不抱怨。

我雖結婚，每天與父母膩在一起，感受滿滿的愛、關懷與溫暖。多年後，丈夫才說出他很吃醋。我父母對他越好，他越生氣。有了之前的教訓，因此我現在常注意自己，有沒有越線。

他們回來一個星期，與幾位同學聚餐，我就很「關心」地問，有沒有我認識的同學，去哪裡聚餐，幾點回家，幾乎用上我上新聞學的「五W一H」，當下我已看出女兒露出不耐煩的表情。

第二天，她告訴我，她已經九年不必向任何人報備每天的行程，不習慣被問東問西。她會與我分享同學會和我熟悉的同學情況。女兒個性與我不同，且九年沒有相處，她有她的生活方式，她在國外一定受到一些磨練與影響。我年輕時則與父母一直住一起，然後是丈夫的加入。現今情況完全不同。我和女兒要學習彼此了解，我們都知道彼此心裡深愛對方、關心對方，但要愛得彼此心裡舒坦。她更要夾在丈夫和我們中間，雖然語言都可以溝通，但是很多事情不是語言的問題。

這段日子我丈夫極為開心，尤其丈夫每天和他們帶回來的狗玩。我是三年前才知道女兒領養了一隻從波多黎哥運到紐約的流浪犬。她只告訴她父親，於是兩人一起瞞著我，直到我看到紐約到倫敦的機票價格，才發現她要帶狗去倫敦。當時還提議要運回來給我養，其實我當時最重要的事是照顧我的母親，哪有時間照顧狗。

多年來，從頭到尾我都反對養狗，「去讀書，還養什麼狗，以後回國，狗怎麼辦？」但寵物店說，流浪狗特別懂得感恩。我們一起床，牠會立即來道早安，跟在我們左右，每次回家，熱情歡迎。女兒女婿都吃醋了。

與女兒女婿同住，除了需要更多了解、互相學習，他們一家三口的確帶來許多歡樂氣氛。我們除了彼此愛與尊重，更要好好學習愛的方式與表達，尤其是對方的感受。在此特別感謝在天上的父母，他們的智慧和恩情。也感謝女兒一直把我們兩老放在心上，懂得體貼，讓我十分安慰，家裡更有個男生願意每日倒垃圾，提重物。所以我們要好好珍惜身邊的家人。

聽竹君
為你朗讀

## 與成年子女同住，有愛還不夠，更需要大智慧

別人對你不好，是正常的，別人對你好，更要感恩與珍惜。如果有一天，你覺得很痛苦，記得家門永遠為你而開。

丈夫逝世至今，女婿、女兒跟我三個人，依然定期進行心理諮商。這一天，老師把許多卡片放在兩張書桌上，上面的圖案幾乎全部都是「門」。老師說這是「心門」，代表每個人內心的感受，也是一種投射性測驗，能夠透過卡片上的圖案，反映當事人的內在情緒。她請我們每個人各選兩張卡片。

我選了一張黑色的門，另外一張卡片，我選了廚房的圖案，上面畫著一個人對著洗碗槽，洗著一堆碗盤，背後則有三個小孩在玩耍。女兒也選了一張黑色的門，另外一張卡片，她選的圖案是一張看不見底的旋轉樓梯。女婿的兩張卡片，則都選了黑色的門。

看著他們手裡的卡片，我心裡非常糾結：原來我們三個人都不好過。老師特別請女兒說說，為什麼選擇那張看不見底的旋轉樓梯？女兒說，這是她對「未來」的看法。我心想，女兒和女婿雖然已經決定到美國發展，但他們的內心還是看不見希望。

我立刻憐憫他們了。美國疫情正嚴重，女婿說他可以暫住他在康乃狄克州的父母家，每天開車到紐約上班。我問他，工作找到了嗎？他認為到了那邊就很好找。但美國失業人口不斷增加，情況並沒有他想的那麼樂觀。

後來又有一次，是女兒跟我兩個人一起進行心理諮商。女兒說，她和女婿準備在美國買房子，請我到美國跟他們一起住。這是她第一次告訴我，她丈夫來臺灣的第一個月就感覺很不習慣，堅持回美國，她的心裡很掙扎，想留在臺灣陪伴父母，但是沒有辦法。

我聽了心裡覺得很欣慰。女兒是愛我的，只是她處於兩難之中。同時我也明白，在臺灣時，我們三人相處已不太融洽，到美國去，恐怕變數更多。所以我告訴女兒，我留在臺灣，不用擔心我，而且我目前每個月都要做化療。女兒說，美國也可以打化療針。我告訴她，我在這裡非常的幸運，醫院裡面有最棒的醫療團隊，我很信賴他們。到美國去，一切要重新來過，畢竟不便。

我也對她說，「我祝福你們，妳一定要獨立堅強。這世上除了父母，沒有一個人一定要對妳好。別人對妳不好，是正常的，別人對妳好，更要感恩與珍惜。如果有一天，妳覺得很痛苦，記得家門永遠為妳而開。」

女兒接著又提出，他們預計何時回美，現在已準備訂機票。我聽了心裡一沉，因為第二天就是我到醫院檢查癌症是否復發的日子，我心裡很緊張，一旦檢查報告出來、確認復發，我就必須開刀。為什麼女兒不能等我確定癌症未復發、不需開刀後，再訂機票呢？

這感覺，就像是在我最需要親人，也最脆弱的時候，她離開了我。

我表達了我的想法，老師問我是不是有一種「被遺棄」的感覺？我點點頭。這時老師為我們打圓場，她說，女兒只是提出一個問題討論，好比問說：忠孝東路在哪裡呀？我說：「老師，如果您快要臨盆了，心裡很緊張，有人這個時候問您，忠孝東路在哪裡呀？您有興趣回答嗎？」

諮商結束後，我依然一個人默默地走路去用晚餐。在二十幾分鐘的路程中，我想著，自己要練習不依賴女兒與女婿。與成年子女分開九年後再同住，原來有「愛」還是不夠的。我與女兒彼此都要重新適應如何相處，再加上女婿這位新成員，真需要大智慧，才能讓彼此都感到舒服與自在。

用感恩的心，感謝上帝賜給我做母親的機會，更能體會我養父母對我的恩情。

從小我們一家人寵愛的女兒已長大成人，也已結婚，祝福她幸福快樂，海闊天空，自由翱翔。

聽竹君
為你朗讀

# 與成年子女相處的三個關鍵，欣賞彼此，讓相處更融洽

尊重、配合、給予自主空間。

女兒、女婿終於要回來看我，我問自己，為何心情起伏如此之大？

自從知道四月女兒、女婿要回臺看我，因為臺灣疫情變得嚴重，只好延到六月、再延到九月，本來希望再延到聖誕節，那時疫情高峰應該過了，女婿卻說：延來延去就不回來了，因為他十一月初要換新工作。

我一直非常期待他們回來，已經二年沒有看到女兒了，非常想念她。我安排了日月潭之行，誰知道花蓮大地震把我嚇壞，當時跟各相關機關請教，沒人保證我們去那三天沒問題。

我問了許多好友，應退日月潭的訂房嗎？只有好友陳師母及組長說：「為你們禱告，去吧！」還有一位研究地震的同學，叫我安心地去，他保證沒問題。

女兒、女婿雖然回來，前面二週在線上上班，八天在好友劉大醫生家隔離，我們都是在 LINE 上講話。

二年不見，他們變得更成熟、更貼心了。知道我近日從床上摔下，立刻幫我買安全防護。我的床頭櫃，還有我的書桌腳都貼滿防護貼。姚大醫師建議我睡在大床中間，兩邊放枕頭。菲立普雖然離開我快三年，我還是睡在自己的位子上，心理上覺得他還在我身旁。

看到我家的碗及杯子，快被我摔光了，他們立刻去幫我添購。發現我的手機速度那麼慢，四年多沒換，鏡面都摔破了，立刻陪我去選購新手機。本來店裡應該幫我轉換所有資料，女婿信心滿滿，他說他剛剛才換了一部新機，都是自己轉換的，會幫我搞定。

每次外出吃飯，他們都很興奮。女兒一個禮拜可以吃三次壽喜燒，還有他們之前常去吃的店。這次回來，真是大飽口福，因為在美國都是在家裡煮，到外面隨便一吃，兩個人花費要二百美金，女婿是非常節儉的。

他們回來之前，家中有三個女兒、在大學任教的虞將軍給我建議：與年輕人相處有三個重點：尊重、配合、給予他們自主空間。

他們回來最開心的是與朋友吃喝玩樂，這是女兒從小長大的地方，女婿對這裡的美食又特別喜歡，所以他們的行程非常滿，有時晚上要趕場，女婿還數次喝醉，我很憂心，女兒居然說：偶爾讓他放鬆心情，一點也不在乎。

有一次我看到女婿身上穿的衣服圖案，是聖母瑪麗亞手上拿著火箭炮，因為我是基督徒，好奇地問他這是什麼？他告訴我，是為了拯救家鄉烏克蘭而辦的一個活動。女兒告訴我，他常常穿這件衣服，就在等別人問他，我是第一個。我告訴女婿，我也想支持這個活動，他立刻幫我上網買了衣服跟外套，女婿感動到流淚了。

他們回來的前二個星期，仍然在線上美國公司工作。雖然同一個屋簷，我不敢打攪，有事用 LINE 聯絡，因為時差晨昏顛倒。

女兒每天為三餐計畫，他們沒回來，我自己一個人的時候，常常晚上快八點了，還不知道要吃什麼，下午二、三點才想到午餐。有了女兒每天的計畫，每天都活得很忙碌，也很開心。

最重要的是，我的「預立醫療決定書」必須女兒（二等親）回來，透過醫院諮商師逐條解釋，還有見證人等簽名，在我健保卡上註記，正式生效。感謝良醫用心醫治，我的生命奇蹟似地延長，抱著感恩的心，每月去醫院化療，好好活之外，神什麼時候要接我去，我就處之泰然，好好的去。

他們要買伴手禮，我提醒女婿，要離開這家公司，請不要忘了感謝老東家及老同事。剛開始他跟我有不同的見解，我解釋給他聽，沒想到，後來女兒說他居然採納我的意見。

見面第一天，我告訴女兒，我知道她很忙，我只要一小時，交代一些事情，但又不敢催她。直到最後一天，車子快要來接他們去機場時，她終於到我的房間，手上卻拿了一堆發票，要登入載具。

我終於忍不住發了脾氣，手上一堆資料要親自跟她交代，如同十五年前我剛罹癌一樣。回來近一個月，我們雖說沒有什麼深入的談話，可是他們回去後，接下來四、五天我覺得很悵然、很孤單也很失落，心好像被掏空似的。

以前從沒有過這樣的心情，因為以前我有菲立普的陪伴，相依為命及期待下次見面。

經過數日，收拾落寞的情緒，回到線上教會晨禱及小組聚會、教友關懷通話。回到主裡讀經禱告，回到神的懷抱裡，失落感漸漸好很多。

那些天，他們走後，心中有很多小劇場，腦中不斷的卻是他們的影子。

這次對女婿的了解也更多，我們外出，他都主動幫我提包包，三人一起做了許多事情，給我幸福感。家裡的電視機剛好壞掉，及家用電話音量太小，他們陪伴我處理，還幫我每天去倒垃圾。這次我沒有批評、沒有論斷，只有用欣賞與感恩的心去看待他們，因為我自己心裡需要很多的調整，很多自以為是的觀念全部歸零。每天不斷地禱告，求神憐憫我。在平靜的生活中，泛起幾朵漣漪後，終於再度平靜。

日前看到新聞，六十五歲以上獨居者居然占了高齡人口的二十七%。「秋風秋雨愁煞人」，雨下個不停，此時女婿居然傳LINE給我「妳的心情還好嗎？」我和女兒在擁抱分手時，女兒哭得唏哩嘩啦，我當時的腦袋是空的，心也是空的。

寫這篇文章時，正好是女兒三十歲的生日，十七歲獨自赴美讀大學，我願她的一生快樂和親近上帝，記得四歲時她自己主動要受洗。她很在乎父親能在場觀禮，拉著我到路口等父親回來。我很愛我的女兒，我也疼惜我的女婿，祝福他們幸福。

聽竹君
為你朗讀

# 母親教我的最後一堂課

面對死別，有再多的不捨，
都要勇敢放手。

參加《康健雜誌》辦的「重生講座」，許多位演講者都是我的偶像。像是知名作家吳若權講述如何照顧二十年前中風的母親，他娓娓道來，不用投影片，真情流露，但又像說故事一樣，非常感人，因為我也曾親自照顧母親，所以更能有共鳴。他更有本事的是，二十年來他還出了一〇九本書。

陽明大學附設醫院陳秀丹醫師演講題目是「向殘酷的仁慈說再見」。陳醫師提到，歐美澳國家是沒有所謂的長期臥病老人，也沒有為長者插鼻胃管，死前兩週才臥床。反觀我們國家，總是不顧一切代價去延長末期病人的生命，病人苦，家屬也痛。

聽完陳醫師的演講，我舉手向陳醫師請教，我說在聽她演講的時候，感到很矛盾痛苦和自責，或許我應該早一點聽她的演講。我向陳醫師表示我母親插鼻胃管九年，但她可以每天出門，每天洗澡。陳醫師安慰我說，插鼻胃管也是醫生建議的，我無須難過。

九年前，我母親因為吞嚥困難，醫生建議插鼻胃管。一開始母親很不能適應，常常自己拔掉，我們立刻去醫院急診插了回去。母親後來漸漸習慣，護士告訴我，母親愛吃的餃子，我們可以把它打碎灌食，母親還是能嚐到餃子的味道。

母親可以戴著鼻胃管打麻將，每個月去萬里海邊遊玩，去大賣場買菜，星期天去教會，每天在家裡做腳踏車運動與手臂運動，上下午各十五分鐘，每天坐輪椅到樓下公園，她幾乎哪裡都可以去，每晚在家裡一邊泡腳、一邊看京劇。

最開心的莫過於是我，因為我每天早上一早起來，就可以到母親房間去抱她，跟她說：早安。她會問我：寶貝：今天有什麼節目？

我母親一生都是一個很懂得開心過日子的人，即使她戴著鼻胃管，腦子退化到兩歲左右。母親插鼻胃管沒多久，同一年我也發現我罹癌三期，醫生宣布我只能夠活兩年。經過五次復發，共開刀六次，第三次復發，醫生就宣判我終身要化療。我雖然從來沒有跟母親提及，我知道她是知道的。因為她有一次發現我光頭，晚上她哭了。母親是我活下去的動力，她也告訴我：她活著是為了陪我。我倆就那麼相依為命的彼此牽掛，很努力的為對方而活。

母親九十五歲時，還動腦部手術，總算平安順利。直到去年母親一〇三歲，因為血氧太低，送急診後，醫生告訴我，她只能夠活兩小時，除非立刻從喉嚨插管到肺部，即是「氣管內插管」連結呼吸器，爭取時效。過去母親幾次住院，醫生給我病危痛知單，必要時插管，我都說到時候再說。這次我「居然」同意了。

聽到母親在病房裡的慘叫聲，我在護理站跪著哭。母親立刻被送到加護病房。每天三次去看望她，她非常堅強，我一面幫她按摩，一面放聖詩，告訴我母親，她一定能順利拔管。我母親屬虎，跟老虎一樣的堅強，我女兒也從國外回來看外婆，母親雖然是肺部感染住院，感染科主任也是盡心盡力。

我的腫瘤科醫生，還有一位腫瘤科醫生朋友劉敏醫師、好友姚醫師、腎臟權威醫生林院長，母親是他十多年的病人，都來加護病房看母親的狀況，都說母親的各項指數都很好，感染科主任建議母親「氣切」，我一直認為母親可以拔管，果然母親順利拔管，那天下午五點多的時候，我很開心。沒想到七點多的時候，醫生說要再插回去。又是一次折磨。我掙扎後，「居然」再次同意了。

第二天來看母親的管子又插回去，母親做手勢要打我，因為她認為「我騙她」，我一方面高興，證明母親腦子還是很清楚的；一方面我很難過，因為她又受了一次苦。

終於母親在不斷地練習試著自己呼吸，第二次拔管成功了，母親不再依賴呼吸器了。母親也轉到普通病房，不久出院回家。但母親的糖尿病血糖飆高破表，因為感染還沒有控制好，再度住院，可是我決定不要插管了，醫生要我決定母親「氣切」，醫生說，這樣她還可以再陪我幾年。

我的癌症醫生說：「那只是延長母親痛苦。」我那五十天，內心情緒崩潰，外表也是行屍走肉，瘦了五公斤，我問我的醫生我是否又復發了。醫生說是因為我太憂心母親。住院醫師說：「讓妳過了一個母親節。」的確我戴了紅色康乃馨，因為我知道這可能是最後一次戴了。

五月十九日下午，發現母親呼吸急促，立刻找護士、找醫生，醫生宣布母親可能就在今天走。我內心說怎麼可能，立刻通知教會長老和殯葬業好友。長老正在為母親臨終禱告，感染科主任說還有一個方法，就是再博一次，我立刻告訴長老停止安息禱告，我母親還要再打仗！

突然間，母親坐起來，睜開眼睛，看著我一直笑，我天真地以為母親好了，我手舞足蹈，我不知道這就是迴光返照。接著母親的心跳漸漸停了，和我相處六十四年的母親就這樣離開我了。

千金難買早知道，如果重來一次，我寧願當醫生說出她兩個小時後會離開我時就放手，雖然心中有那麼多的不捨，我也不要她為我受那麼多苦。

講座中，前衛生署楊志良署長演講「生死學」，如此嚴肅的題目，署長卻用很輕鬆生動活潑的方式解釋著他的看法，一個人真正健康與否，雖與遺傳有關，但是生活方式很重要，運動、飲食外，最重要的是和親人親友的良好互動，彼此關心，才會活得開心，活得好。他談到，現在的人都很長壽，重要的是要活得好，目前臺灣八十歲以上的老人，有六〇％可以出門的。

楊署長的母親九十四歲了，每天還煮飯給他吃，他覺得很幸福，但是也曾急診室、加護病房到住院，三次都有驚無險。這就是署長說的老人的「第三階段的道路」，多次循環。我請教署長：「我母親因吞嚥困難，插鼻胃管九年，但我們仍帶她到處去，她於去年一〇三歲過世，您的看法是什麼？」署長說：「那很好啊！她可以活到一〇三歲不容易啊！」

我發現署長真的很了解家屬心情，並且很會安慰人。困擾我多年的問題終於可以釋懷。因為每一個人的情形是不一樣的，得看當時的情況來決定。很感謝母親的勇敢，用她自己的身體跟勇氣來激勵我，無論是鼻胃管，甚至最後的喉嚨插管，她都為我而接受，勇敢地活，為的是想多陪伴我。

我的一生受母親的影響很大，不管面對任何事，都要表現勇敢。面對生死，每次和她討論，她都只告訴我「妳幫我決定吧」，我放棄為母親作「氣切」，讓她安心的離開，不要再為我受苦。謝謝母親如此信任我，沒想到最後，她還是用自己的生命及勇氣，來為我上最後的一課。

聽竹君
為你朗讀

# 照顧失智母親多年體會：照顧者和失智者一樣需要被支持

失智只是智力變得像孩子，誰對他好，他是知道的。當照顧者無私付出，也別忘了關懷他們。

在臺灣，平均每八十人就有一人是失智症患者。家有失智者，牽動一個家庭。我母親活到一〇三歲過世，失智十多年，我深深了解「失智者」的痛苦和家人的擔心。同時，對照顧者的支持，和對失智者的照顧一樣重要。

日前我打電話向老師陳堯請安。自從一九七二年畢業後，我和老師一直保持聯繫四十八年，從不間斷。過去我出書的時候，老師總是為我寫序。這次致電，師母接起電話後，我為半年多沒有打電話問候老師致歉，然後照往例，我對師母說：「我可以跟老師講講話嗎？」

師母卻告訴我：老師可能不記得妳了，他得了失智症。我非常驚訝地說：「去年跟老師講話時還很好啊！」師母拿著電話，轉頭跟老師提起我的名字，我在電話這端，聽到老師說出我的名字。這時換師母非常驚訝地說：「他居然記得妳。」我在電話裡跟老師說：「老師您好嗎？」老師叫著我的名字，然後說：「我很好。」我說：「您身體都好嗎？」他說：「好。」我說：「我來看您。」老師說：「好喔！」

過去這幾年，每次致電給老師，他都會說：老了老了，身體什麼毛病都出來了，老了不中用了。這次對話和以前完全不同，老師什麼都說「好」。我跟師母約好時間去探望老師，同時也約了老師過去的祕書淑琴，因為她是開心果，而且和老師感情很好，就像老師的乾女兒一樣，我想和她一起逗老師開心。到了見面當天，老師雖然胖了，兩眼還是炯炯有神。大家都考問他，叫他說出我的名字，老師說對了，大家於是給他掌聲，把老師當小孩一樣哄著。

我把手機當成麥克風訪問老師和師母，問他們：結婚多少年了？師母算出來，兩人結婚已經六十一年。我又請師母跟老師手牽手，看著對方，請老師對師母說句話。最後是師母先開口，對老師用英文說「我愛你」，老師怎樣也不肯說，最後說一個「好」字。然後我把剛才的錄音放給大家聽，老師認真的聽，聽完說：「好」。那天從頭到尾四十分鐘，老師只說了一個「好」字。

我向老師提起，他從前每天在中正紀念堂教學生打太極拳，還出過書。師母說，老師現在都想不起來了。回家的路上，我和祕書淑琴一起走，我們都想，幸好有賢淑溫婉的師母默默的守在老師身旁，不需要言語，陪伴著老師，老師就覺得安心了。

臨別時，我和師母說，過去我母親失智時，我每天抱她、親她、對她說「我愛妳」。失智只是智力變得像孩子，誰對他好，他是知道的。師母眼睛裡含著淚水，點點頭。

老師已八十六歲。當年他在業界叱吒風雲、日理萬機，如今返璞歸真，返老還童。我祝福老師、師母身體健康，我也會經常去看看老師和師母、多和老師說話。

我日前也打電話給九十三歲的國防醫學院退休教授于迺文。我十六歲的時候在她家裡當家教，教她兩個孩子英文。她的兒子昌煥如今已是留美博士，女兒美瑍則是成功臺商。在電話中，他們兩位告訴我于教授前陣子有些失智的徵兆。

昌煥對母親的身心非常細心呵護，于教授總笑稱他是「母親的御醫」。他照顧母親無微不至，一發現她有失智徵兆，就立刻帶母親就醫，讓母親的病情穩定。美瑍過年時回來，也一直守在母親身旁，和醫生討論母親的病情和用藥。她是虔誠基督徒，喜樂的心乃是良藥。她告訴母親，有她和哥哥在，母親不用擔心任何事，讓母親心裡平靜安穩和喜樂。她更每天幫母親找樂子，逗母親開心。

3 | 1 / 2

1. 左起：祕書淑琴、竹君、老師陳堯、師母、老師的前部屬。
2. 年輕的竹君 ( 中 ) 與于迺文教授的子女合影。指導教授的孩子英文，是竹君此生最引以為榮的事之一。
3. 竹君和丈夫菲立普 ( 後排 ) 一直和于迺文教授 ( 前 ) 保持聯繫，給予深切關懷。

失智症的早期徵兆如下，讀者可以自行評估，也能觀察家中長輩有無以下症狀：

①記憶力逐漸喪失

②對活動和嗜好的興趣降低

③解決問題的判斷能力出現困難

④一直重複說相同的話

⑤學習使用工具、設備和小器具時有困難

⑥忘記正確的日期、約會、聚餐的時間

失智症患者如果有親人在身旁細心照顧，猶如我的陳老師跟于教授，早期發現與就醫，就比較幸運。也希望整個社會能一起付出友善行動力，讓失智長輩及家庭安心生活。

聽竹君
為你朗讀

# 如何成為一個無可取代的伴侶

如何經營婚姻與感情是一本道不盡的書，終身學習。

日前聽到臺大張文亮教授演講，主題是「如何成為一位甜言蜜語的男人」，其中講述一個小故事：他在美國讀書的時候，到教授家裡作客，教授不斷地對自己夫人說：尼尼，尼尼。他一喊聲尼尼，夫人立刻到他跟前。

這位張教授，忍不住好奇地問這位美國教授，尼尼是師母的名字嗎？美國教授解釋：尼尼是英文「NEED」需要的意思，我需要我太太的時候，我就這樣喊她，她就來了。其實這也是他對太太的暱稱。

這讓我想起我先生每次叫我的名字時，我都會飛奔向他，例如看到蟑螂，或者在家裡踩到狗大便，他總會叫我名字。這種被需要的感覺是很有成就感，當然也要有非常豐富的愛，甘心樂意，為他付出。

張教授當然也研究為什麼師母可以甘心樂意呢？

張教授說「要甜言蜜語」，可見教授一定是位：

一、非常敏感的人，跟他太太說話就一定會把「心」放進去，非常欣賞他的太太，不但用眼睛，還加上言語來稱讚他的太太。張教授說他家裡沒有電視，但他與他太太都有一個精心時刻與多談心。

二、愛的準則，每天一起散步，有個精心時刻。

三、張教授常看書，當然他認為博學重要，我們一般人，多找新鮮有趣的話題，常跟伴侶講話聊天，不要做個「看到朋友就有說不完的話題，看到伴侶就沉默以對。」總之，說情話，一輩子寫情書，一輩子戀愛。

尤其第一點做一個「敏感」的情人，張教授認為「敏感的」的意思，就像「內視鏡」一樣，可以看透對方心裡所想所需要的，滿足他的需求。他從來不比較，從來不建議，他說：因為做建議的人，從來不做決定。

聽完了張教授的演講，非常受惠。想起上星期五丈夫在三軍總醫院「英文俱樂部」當英文老師，剛好輪到我當小老師，每次大家輪流當小老師，出題目大家討論，我卻是請大家談如何做一個貼心的伴侶，也可以談如何取悅你的另一半，或如何做一個不可取代的伴侶。

三十六歲未婚的幾米首先發炮，他的法寶是「先道歉」，無論誰對誰錯，都可以平息一切的紛爭。因為家是講愛的地方，不是講道理的地方。而且他所說的道歉意思是指，很抱歉發生讓彼此不愉快的事。但不表是自己有錯。他的話真有智慧。

很多已婚的夫妻，生氣時都會「冷戰」，同一個屋簷下可以視而不見。適當時機，再給對方一個臺階下。

很多結婚多年的夫妻，妻子都抱怨丈夫不會甜言蜜語。

其中有一位同學的丈夫，有天在大家面前不斷稱讚他的妻子，美麗的美樂蒂說，丈夫喝醉了才會說的。非常有氣質又美麗的麗莎說，未婚夫付出的比她要多，已婚的同學都笑說，結婚之後再看看，妳就會知道。婚前與婚後有這麼大的差別。

最終結論：大家都需要伴侶的認可、讚美和回饋。

現在「小三」盛行，她們都是很會取悅男人，很會說甜言蜜語，稱讚男人，有些沒有定性的男人，一旦被灌了迷湯，常常忘了自己身在何方。

所以我們練就自己成為「不可取代的」的伴侶，是最懂他的，是他的肚裡蛔蟲，是兩個人互看就知道對方想什麼的默契。成為夫妻和情人是很不容易的，目標是「成為不可取代的伴侶」，因此如何經營婚姻與感情是一本道不盡的書，終身學習。

聽竹君
為你朗讀

# 送走兩位姊妹人生最後一哩，別忘道謝、道歉、道愛及道別

在人生旅途中，誰也不知道我們會在哪一站到站。但只要活出了人生的意義，愛會永遠留在心中。

近來失去了兩位我極為欽佩的女性，心情特別低落。她們一直是我心中的典範，一位是我的長姊白冠珠，另一位是我五十年好友的妹妹——前法務部長羅瑩雪。

生命如同坐火車，有些人先下車，有些人晚下車。無論是誰，都必須下車。

我的四哥曾形容姊姊白冠珠是灰姑娘。身為長姊，她八歲時就必須做所有家事，為弟弟妹妹洗澡、洗衣、燙衣服和煮飯。那時二哥每天都要去井裡挑水、分送給鄰居，姊姊的工作就是將二哥滴落在地上的水擦乾淨。有一天，房東注意到了勤快又美麗的姊姊，於是就把她娶回家當媳婦，讓她成為大家族的一份子。

姊姊從來沒有到學校讀過一天書，卻深有智慧，充分展現她獨特的內涵：愛、關心、付出。她養育四個孩子、孝敬公婆，讓丈夫以她為榮，也和妯娌保持良好的關係，更不忘記娘家的父母及弟兄姊妹。

今年三月初，全家為她過生日，她覺得累了，就回房睡覺，在睡夢中，就到了天家。姊姊去世後，四個孩子輪流陪伴父親、安慰父親。追思禮拜時，牧師引用《聖經》的經文，稱讚姐姐是「才德的婦人，丈夫心裡倚靠她，一生使丈夫有益，開口就發智慧，舌上有仁慈的法則，兒女稱她有福，丈夫也稱讚她。」在這場溫馨祥和的追思會上，所有孩子都稱讚、感謝母親，弟兄姊妹也記得、讚許她的愛、關心與付出。我覺得姐姐人生的最高情操已達成。

前法務部長羅瑩雪的雙胞胎姊姊是我五十年好友。羅部長跟我一樣罹患乳癌，所以她的姊姊常常跟我談起有關於羅部長罹癌的事。

羅部長是位非常獨立堅強樂觀的女性，總是獨自前往醫院接受化療。雖然她退休的丈夫和姊妹都堅持陪她去醫院，她卻不願麻煩大家。我的好友每個禮拜都做很多菜給她，她也婉謝。她知道自己的癌細胞擴散後，依然積極樂觀地活著，從不抱怨，也沒有放棄人生，仍舊像過去一樣，到圖書館借一袋又一袋的書回家閱讀。部長的女兒自美國留學回來，二十年來一直陪在部長身邊，也和部長一樣愛看書，常陪著部長前往圖書館，兩人手不釋卷。姊妹都說部長是有福報的人，有這樣一位女兒一直貼心地陪著母親。

今年過年的時候，兩位姊妹看出部長忍著痛，立即輪流陪伴在她身旁，一面講童年往事，一面為她按摩，讓她舒服些。在床頭，三姐妹完成「四道」：道謝、道歉、道愛及道別，三姊妹淚流滿面，回憶童年。

前總統馬英九曾說「羅部長是最有正義感的法律人」。部長則認為，自己一生都很順遂，在工作上也有發揮的機會。她熱衷於擔任兒福聯盟及其他弱勢團體的志工。她沒有遺憾，她的人生繳出了漂亮的成績單。

記得我上一本書出版，出版社希望我請了解我的名人為我寫推薦序。我詢問羅部長，她果然欣然答應，認真讀完我的書，並為我寫序。遺憾的是，後來出版社認為羅部長當時人在官場，不適合掛名推薦，我只好硬著頭皮向她道歉，但她一點都不在意，反而安慰我說：「沒事。要開心啊！」可見她的大度。

她做事非常低調，連後事都不願麻煩別人，且是「樹葬」，日後不需祭拜，但我們對她的愛，永遠留在心中。

以上兩位偉大的女性，都有著相似的性格：愛、關心、快樂的付出。在人生旅途中，誰也不知道我們會在哪一站到站。她們兩位真的活出了人生的意義。雖然她們的形體離開了我們，但她們的愛，永遠留在我們心中。

長姊與丈夫鶼鰈情深，也是子女深愛的母親。

前法務部長羅瑩雪攝於古寧頭戰役 70 周年特展。

聽竹君
為你朗讀

# 相愛半世紀，伴妻罹癌路

## 用活出愛的人生態度，看破一切都是虛空、不為明日煩惱

在家上線上課程，講到亞歷山大大帝——世界古代史上著名的軍事家和政治家，曾拜師古希臘著名學者亞里士多德。他是歐洲歷史上最偉大的軍事天才，也是著名的征服者，二十歲繼承王位，三十三歲便英年早逝。他的名言之一是「一切都是虛空」。上完課，我想：所以我們在世的時候，要非常清楚我們「為什麼活著」。

十多年前，退休的丈夫想到基督書院教書，教會朋友介紹我聯絡當時基督書院

的教務長陳民本教授。從未謀面的陳教授在電話中對我非常客氣與親切，囑我寄丈夫菲立普的履歷給他。之後，丈夫見到了校長、陳教授及英文系主任，面談甚歡，丈夫很高興的去當老師了。

事隔多年，我在教會主日崇拜週報上看到當日的講道人是陳民本長老，想起來是多年前基督書院的陳民本教授，於是趨前自我介紹，並告訴他我出了新書。陳教授很熱情，邀請我到臺北遠東福音會演講，並接受廣播訪問。原來陳教授曾在該會擔任總幹事，陳師母也在該會服務長達十八年。師母說：一旦陳教授栽培好合適優秀的接班人，就交棒退休了。

二〇一六年，陳師母確診肺腺癌三期，醫生說存活率兩年，真是晴天霹靂。由於無法開刀切除腫瘤，於是陳師母開始吃標靶藥、做放射治療，後因標靶藥無效，改做化療。不久腫瘤縮小，但尚未消失，至今仍需持續依靠化療控制腫瘤。

陳師母一向樂觀堅強，化療前還不忘實踐諾言，履行和孫兒的約定，一起去迪士尼樂園玩。陳教授看到妻子罹癌後，仍然每天維持喜樂的心，聽從醫生的話、不憂慮，且非常自律，每天早睡早起。妻子的勇敢堅毅，讓他非常不捨，又很欽佩，更決心要細心呵護結婚五十年的美麗妻子。我自己罹癌十多年，親眼看到在這條路上，許多朋友都選擇放棄，陳師母卻還帶著「盼望」開心的活。她的故事充滿生命啓示，再次提醒我，人原是如此軟弱，也可以如此堅強，只因為一個「愛」字。

陳教授對師母是一見鍾情，結婚這件重大的事卻很戲劇性：陳教授唸大學時失戀，曾當著很多同學的面說再也不要回到母校傷心地。當陳教授在臺大拿到碩士學位後，受邀回到母校教書，遇到了當時在讀大四的師母，驚鴻一瞥，一見鍾情，展開積極的追求，每天寫一封限時信寄到師母家中，讓師母的母親印象深刻。

他第一次到師母家中，師母的母親說：最少等五年，女兒還沒畢業呢。過了兩三個月，師母母親說，看你很誠懇，三年後吧。有一次，教授照往例去南部看望兩老，師母的母親說：我去找紫微斗數老師問過，女兒何時結婚較好？算命老師說有男朋友就結婚吧！今年九月結婚是大吉。於是陳教授和師母認識半年多就結婚，她還不滿二十二歲，陳教授二十六歲，他說：當時功不成，名不就，能娶到愛妻，都是拜岳母所賜！

陳教授用積極的態度打動本要他等五年的岳母。天助自助，他的正確選擇，令他幸福快樂一生。兩人一結婚，陳教授便接到錄取公費留學的消息，到美國攻讀海洋地質博士學位，師母也到美陪伴，成為丈夫的得力助手。陳師母數十年全心全意為丈夫及全家奉獻，栽培兩位優秀兒子。陳教授說：「我一生最快樂的事是娶到她這樣的女子做妻子，一生都幸福滿足。」正如《聖經》所說，「才德的婦人，丈夫心裡倚靠她。一生使丈夫有益。」

陳教授獲得博士學位後，放棄國外高薪，回臺大教書二十三年，可說是「人生勝利組」。後來他毅然決然離開臺大，到基督書院當教務長，突然放棄世俗所稱的成功，尋求形而上的為世人奉獻自己，選擇幫助更多的人、活出真正的自己。這樣的精神和選擇，著實令人敬佩。

陳民本長老（右 1）與陳師母（左 1）在我低谷時，總是熱情地伸出援手。

我與這對夫妻認識多年，雖然見面次數不多，但我親身感受到，他們除了愛，最重要的是對生命充滿熱情。每當我在低谷時，他們總是非常熱情的伸出援手，每每想起，令我感動又感激。

他們這種「活出愛」的人生態度，感動了一位知名電腦公司的老闆，請陳教授到公司演講，長達十一年之久。陳教授全心全意的投入，使公司同仁向心力加強、公司文化「充滿愛」，也讓員工同心協力度過了公司最困難的時期，很令人感動。

陳教授與師母，每天一早起來，就誠心禱告，讓自己每天所說的每一句話，每一件事，都是討神喜悅，都是神要他去做的。因為他已看透「一切都是虛空」。他早已把自己和妻子都獻給上帝，看上帝如何帶領，一點都不為明天擔憂。

聽竹君
為你朗讀

# 二十六年美滿婚姻就靠愛的存款簿

「愛的存款簿」也是「情緒存款簿」，裡面存了凡事商量、彼此尊重、仁慈相待，給予彼此支持跟愛。

聖誕節前夕，美僑俱樂部的新任總經理 Mr. Peter Wood 為了認識新會員，在大門口發名片自我介紹。我告訴總經理，我丈夫的名字，他立刻說他認識，因為丈夫菲立普四十多年前就來臺灣了，且在美僑俱樂部擔任總裁及副總裁共六年。

新任總經理 Mr. Wood 初次來臺是三十年前。三十多年來，他在臺灣、新加坡、越南、韓國、上海、北京都工作過，他說他最喜歡臺灣，且娶了臺灣人為妻子。採訪時，我一開始就問他：「聽說你如果再不回臺灣工作，你太太就要跟你離婚了？」

他先是開懷大笑，接著認真解釋說：「這三十多年來，我太太跟著我東奔西跑，很辛苦的。現在好不容易回到她自己生長的地方，如果又要去別的國家工作，她雖是開玩笑說要跟我離婚，但我了解她的心情，她想在自己的國家安定下來。」

他同時表示，他自己也非常喜歡臺灣，而他一生最智慧的選擇是娶對妻子。他們二十一歲的寶貝女兒，這些年來跟著他們在亞洲到處闖蕩，適應各地的文化，但中文聽說讀寫都沒問題，是太太的功勞。他非常自豪女兒遺傳到太太的美麗跟智慧，也遺傳到他努力工作的態度。太太及女兒多年來陪著他適應不同的環境，她們的相伴，是他很大的支柱。

Mr. Wood 介紹自己時，說他是典型的英國人，善於自我調侃、風趣，喜歡與人相處、打造輕鬆幽默的氣氛，但是工作起來拚命努力，像一頭牛，有時候也相當擇善固執。

他承認自己是個非常樂觀的人，心態積極正面、隨時感恩。旅館業非常注重熱情，他分享，「你希望別人怎麼待你，你必須先投出好球」。另外，他也喜愛讀書，每天都會打坐十分鐘，提升自己的靈性。

有句源自十七世紀布拉格新教徒革命的格言「我為人人，人人為我」，因為法國作家大仲馬的小說《三劍客》而廣為人知。十九世紀初，瑞士聯邦政府借用了這句做為瑞士精神的象徵，我覺得，Mr. Wood 就是這句格言的實踐者。

他在英國的旅館業服務十年，當時英國旅館業的領導人，都是瑞士人和德國人。某次東南亞旅行，讓他愛上了當地的風土民情。雖然語言不通，但他認為「微笑跟態度比語言更重要」。

最懂「人性」的他，三十年前開始在臺灣、新加坡、上海、北京、韓國、越南等地的俱樂部當總經理。三十年後，他選擇再次回到臺灣工作，也決定今後永遠都不離開臺灣，這是他的家。

十四年前，他在臺灣買了房子，每過一陣子，還有農曆年過年，全家回到岳父母的家團圓。他也很喜歡臺灣的美食，譬如說米粉湯、鵝肉麵、臺南擔仔麵，在基隆現撈的海鮮店、坐在塑膠椅上享受最新鮮的海鮮等，都是他的最愛。當他去了其他國家，吃了五天西餐後，他都忍不住又去找臺灣食物，一碗牛肉麵或者湯麵就能讓他覺得很滿足。

除了臺灣的人情味，這裡人的善良、友善環境、食物、安全、健保、電視頻道非常廣，網路非常自由，在臺灣可以自由自在，讓他覺得真的非常「舒服」、臺灣是非常適合居住的地方。他選擇住在淡水，那裡風景非常美，享受四季的變化。當他在淡水河岸邊散步，常和路人彼此交換一個微笑。他說，臺灣人就是那麼友善，如果在別的國家這樣做，有時候對方會問你，「我認識你嗎？」

他每天早上都會為太太奉上一杯英國早餐茶，讓太太在床上一邊看電視新聞，一邊喝茶。他不上班的時候，也會親自為太太煮一頓豐盛的早餐送到床上。

二十六年的異國婚姻，他和太太凡事商量、彼此尊重、仁慈相待，給予彼此支持跟愛。他說「愛的存款簿」也是「情緒存款簿」，二十六年來他存了巨額的現金：他和太太各自有自己的空間，但他也會盡量安排許多「精心時刻」，和太太兩人旅遊、散步、森林浴、晚餐，他非常滿足，太太是他永遠的精神支柱。

他開玩笑的說，太太屬龍，他本人屬牛，可是他們自己卻能悟出一套很自在的相處之道。當年岳父母並沒有反對女兒嫁給他，雖然他和岳父母語言不通，但他們都會用手勢和微笑溝通。我說我了解，因為我媽媽也是，一句英語都不會，但跟我丈夫相處在同一個屋簷下三十多年。

對於工作，他同樣非常注重「熱情」，打個比方，同樣是敲石頭，一個人認為就是敲石頭，另一個人的想法是我在建造「聖加大肋納主教座堂」（Cathedral of St. Catherine）供奉亞歷山大最有名、最古老的宗教建築，有「使命感」。

經營俱樂部，要看每個會員的需求，有的人是為小朋友入會，因為這裡有許多小孩的設施，有的是健身、游泳，有的是要與情人享受羅曼蒂克的晚餐。一千多位會員，每個人需求不同，要盡量滿足他們的需求。對於員工，他覺得要跟他們打成一片，多多了解他們，所以他打破傳統，原本經理階級都到各餐廳吃飯，他卻常常到「員工自助餐廳」吃飯，原因有三：

①他還蠻喜歡那裡的食物，

②可以有機會認識許多員工，

③外包的員工伙食，因為注意到總經理也一起吃，當然不能隨便做了。

和這位英籍總經理談了一個半小時，他說叫他 Peter 即可，他善於調侃自己，有著英式諷刺性的幽默感，讓我笑聲不斷，但講到幾處有關女兒跟太太的事情，他立刻提醒我「這個不能寫」，可見他非常保護太太和女兒的隱私。

我祝福 Peter 在臺灣無論工作、生活一切都非常幸福美滿，臺灣的確是個寶島，走過千山萬水，他與智慧的妻子選擇了臺灣做為他退休後的家，想想我們，真是身在福中，更要珍惜這個國家。

聽竹君
為你朗讀

2 | 1
3 |

1. 美僑俱樂部於過年期間，舉辦舞龍舞獅表演，總經理 Mr. Wood 也扮成財神爺與大家同樂。
2. Mr. Wood 夫妻兩人帶著女兒在亞洲各國工作，感情親密。照片為全家在新加坡參加為生病兒童祈願而舉辦的 5 公里路跑。
3. Mr. Wood 暢談工作使命感，在家庭溫情外表現出專業的一面。

# 走過身心危機，七十歲當視障陪跑員助人

越是分享，越發現自己的幸運，因為施比受更有福。

約四十年前，每個禮拜天，父母親都非常開心，期待著全家一起去美僑俱樂部的美容院整理頭髮。美容院的經理 Peter（黃偉文）是我們專屬的髮型設計師，二十九歲從香港外派來臺灣，講得一口濃濃廣東腔的國語。有句話說「天不怕地不怕，就怕廣東人說普通話」，所以我都直接用廣東話和他溝通，丈夫菲立普聽到就

會說，你們兩個又講廣東話了。

Peter 在臺灣結婚，娶花蓮的在地人為妻子，生活美滿。美僑俱樂部的會員家庭來自世界各地。Peter 身為主管，有業績及經營上的責任與壓力，他必須確保每一位客人都能得到滿意的服務，美國故總統老布希及其夫人芭芭拉來臺訪問，都是由他負責到下榻的飯店裡為他們打點髮型。

Peter 不只手藝高超，更有敬業的態度、開闊的心胸、寬廣的視野以及誠懇的心態。他非常善於與來自不同國家、文化的人溝通，並能使客人信任及開心，這是他最令我佩服的地方。

十年前，Peter 得了大腸癌，開刀治療後，他就辭職退休了，那時他還不滿六十歲。我心想，像他這麼熱愛工作的人，一下子全部停擺，日子不知道怎麼度過？

過了兩三年後，他以退休員工身分，回到美容院工作一星期兩到三天，打發時間。我又開始跟他每個星期碰面了。他告訴我，自從生了這場大病，他開始認真思考人生，覺得要過得有意義、要回饋社會。

本來「退休」這兩個字，從來沒有在Peter的人生選項裡面出現過，他希望能和自己的父親一樣，工作到終老。是生病讓他了解到人生無常、工作並不是生命的全部。因此在經濟情況容許下，他決定退休。

然而退休生活並非如一般人所想，每天吃喝玩樂，尤其是他多年來都在高壓的環境下工作，每個月要達成業務目標、安排同事進修等等。當他退休閒下來沒多久後，就發現自己很不對勁，常有負面想法，而且不能獨處，會心跳加速，一到人多的地方，更是無法呼吸。後來他和太太商量，決定去看心理醫生。

醫師診斷，這是典型憂鬱症和恐慌症的症狀，於是為他開了抗憂鬱和穩定情緒的藥物。Peter說，那段日子非常痛苦，直到朋友建議他參加腳踏車環島、跑馬拉松，經過一次又一次的挑戰，Peter發現這類活動對自己很有幫助。此外，身為

| | |
|---|---|
| 3 | 1 |
| 4 | 2 |

1. Peter 罹癌後，靠運動和助人而重獲新生。（照片來源：黃偉文提供）
2. 和美國前總統老布希伉儷合影。（照片來源：黃偉文提供）
3. Peter( 左 4) 和路跑隊友合影。（照片來源：黃偉文提供）
4. 分享在視障路跑運動協會擔任志工的經歷。（照片來源：黃偉文提供）

癌友的他也開始在「臺灣抗癌協會」擔任志工，多次受邀到新北市雙和醫院以及臺北市的振興醫院等各大醫院，和病友分享抗癌經過，以及度過恐慌症、憂鬱症的心路歷程。

越是分享，他越發現自己的幸運，比他苦的大有人在。因此，他下定決心要幫助更多的人。

在一次偶然的機會裡，他得知很多視障朋友也想和一般人一樣，參加馬拉松路跑比賽。於是他加入「社團法人臺灣視障路跑運動協會」擔任志工，經過層層訓練和課程，通過考試、取得執照，實現了自己的願望，成為一位專業視障陪跑員。

Peter 說，很多視障朋友，並不是天生就看不見，而是因為後天的意外或其他原因失去視力。有些視障朋友原本是醫生或律師，在社會上擁有很崇高的地位，不料人生發生一場意外，一切就變成黑白了。他們活得非常痛苦，常常把自己困在家中。

Peter 喜歡看到這些視障朋友在戶外開心的樣子，尤其是當他領著視障朋友參加比賽、向前跑步，感受到視障朋友們的喜悅和成就感，他自己更是欣喜無比，這對他來說，是最大的鼓舞。也讓他真正體會到，「施比受更有福」。

Peter 在體育大學分享如何協助視障朋友參加馬拉松比賽時說，自己得過癌症，更能體會病人或身障者的心情。有機會能幫助他人，讓他活得更有意義；能夠為別人服務，自己才能找到人生的價值。

他和這些視障朋友，都克服了心理和生理上的障礙，在人生路上重新再爬起來，真的需要很大的勇氣，也非常偉大。

聽竹君
為你朗讀

## 遠東集團巴西媳婦徐佳莉：今天比昨天進步，就是開心的事

如果今天比上個月好百分之一，在生活中有不斷進步，就該開心慶祝。

認識遠東集團巴西媳婦——徐佳莉，是那麼偶然，她的美麗、她的親切，加上她和丈夫之間的溫馨對話與互動，更令人感動。

為了適應不同文化，努力學習中文，這位有智慧、愛心又堅強的巴西媳婦鼓勵

丈夫回臺，與家人團聚，面對龐大的事業，身為第二代應該有所貢獻。這些都是偶然間發現，徐佳莉的積極參與，令人驚訝和欣賞。

從小，父母就鼓勵徐佳莉要設定目標，努力達成。在十多歲的時候，她去了南美跟北美。高中的時候，她問父母可不可以讓她到英語系國家把英文學得更好，後來她選擇到加拿大的溫哥華。

那個年代的年輕人，紐約或佛羅里達通常是首選，但她覺得自己的選擇是對的。因接觸不同文化，讓她更想探索這個世界，因此立志要在國際貿易（跨國事業）上創立一番事業，溫婉又高貴的外表下，藏著一顆堅毅又勇敢的種子。

「我在巴西的大學讀國際貿易；紐約大學和芝加哥伊利諾理工學院取得專業證書；芝加哥洛約拉大學獲得財經及管理的碩士。」洋洋灑灑的學歷，徐佳莉說，很喜歡學習新的事物，喜歡閱讀，也非常喜歡線上課程，要不斷學習。

徐佳莉和丈夫徐國安的結緣，是因為當時兩人剛好在同一所大樓工作，徐先生剛取得第二個碩士學位，徐佳莉則在科技公司上班，還是一位業務高手。在芝加哥的日子裡，兩人相處得非常愉快，而且有很多朋友。有一天，白馬王子向公主求婚，他們決定一生都在一起。這位睿智的公主鼓勵丈夫回去自己的家鄉臺灣，與親人更親近，在自家的事業裡面有所貢獻，並探索更多新機會。

沒認識先生前，徐佳莉從來沒有來過亞洲。來到臺北，一個非常甜蜜的驚喜，而且比她預期的還要好。「如果我居住在不同語言、文化的地方，我一定要學習當地的語言、傳統，並熱愛它的文化。」「我可以流利的說三國語言，有一天我立志要把中文學好，並且要求講得非常流利，但我要同時兼顧事業、婚姻跟小孩，我需要多一點點的時間來學一口流利的中文。」徐佳莉說。

「我第一個男孩二歲，第二個小寶寶是女生，快要誕生了。我不會強迫孩子走特定的道路。我會幫助兒子認清自己的優點，加強弱點，好好準備面對自己的人生挑戰。經常要鼓勵他，盡最大的努力達到他的目標和夢想，如同父母對自己的鼓勵一般。」徐佳莉開心地說：「我在生活中有不斷進步，就很開心，如果我今天比上個月好一%，我就會慶祝一番。」

「我很感恩我所擁有的人脈與資源，讓我可以做一些有意義，而且有影響力的事。」目前徐佳莉在遠東集團旗下創投機構（Drive Catalyst）擔任總經理，對財經很有見解的她，不只學以致用，而且還是專家。她所建立的團隊是變革的引擎，專注於投資新興科技與新創事業，為循環經濟和永續發展計畫做出貢獻，從而對遠東集團、臺灣與世界產生影響。

「我非常能融入臺灣的文化，臺灣人非常溫暖、努力、友善，是我喜愛的，最喜歡的是臺灣牛肉麵。」「我對成功的定義，身體健康及善待自己身體，每天都要運動。對世界付出，不求回報。選擇夥伴（丈夫）跟他一起經營美好的人生，一起成功，而且維持真正的『夥伴關係』。跟好友和家人在一起。組織一個家庭，小孩子圍繞著，把自己一生所學到的正面思考傳承給他們。做一些快樂且有意義的事情。這就是我字典裡的成功和幸福。」她笑得非常燦爛。

我曾遇到不少外國友人到臺灣不能適應環境、文化衝擊，也不肯學中文，就算過的是「皇宮」般的生活，也不快樂。像徐佳莉從小開始立志，有「世界觀」，不斷努力裝備自己，積極正向，隨時接受人生各種挑戰，適應力超強，令人佩服。祝福徐佳莉成功和幸福。

徐佳莉與丈夫。（照片來源：徐佳莉提供）

徐佳莉初為人母的喜悅。（照片來源：徐佳莉提供）

聽竹君
為你朗讀

# Part 4

# 憶想親友

# 遇見全新的自己

向生命的源頭鞠躬感謝，
感覺自己的生命更完整。

二〇一二年，我參加了一個關於家族的工作坊課程，暖身工作是學員們要對所有人說出自己是某某人的兒女。我問老師：「親生父母也要說出嗎？」老師點頭。對我而言，說出養父母的名字非常自然，而當我對其他學員說出自己親生父母的名字時，心裡卻有種既熟悉又陌生的感覺浮現。接著有三位老師示範，兩人當父母，當小孩的對父母目視後，接著三次深深鞠躬，再來跪在地上磕三次頭，完全不用任何言語。

當老師示範時，我滿腦子想著我的親生父母，是因為我從未對他們做過這個動作嗎？我的心突然被觸動了，眼淚也止不住地流。我每天抱著養育我的母親，兩人合唱〈世上只有媽媽好〉，原來我的潛意識裡仍對親生父母有割捨不斷的連結，我多年來一直壓抑著的感受，隨著心的敞開，我與親生父母中斷的愛似乎連結上了，這感受真是難以形容。接著三人一組的排演，我用掉了快一盒衛生紙，我沒有哭出聲，但眼淚流個不停，像是在洗滌心靈一般，那塊我從不敢碰觸的地方，原來從未消失。

課程結束後，我立刻打電話給香港的親生二哥，請他為我安排，我想去過世的生父白志忠及生母蕭素梅靈堂前追思緬懷，同時也想去看我出生後曾住過八個月的地方。感性的二哥哽咽地說：「妳訂的時間剛好是我們重陽祭祖的時節。」

我是到了二十五歲才知道我有親生父母，養父母讓我飛到香港與親生父母及兄弟姐妹見面。三十歲那年，二哥打電話給我告知生父過世的事，我「啊」的一聲表示知道了。當時心裡是哀痛悵然的，卻沒立刻去奔喪，直到兩個月後才去家裡照片前鞠躬。

生母過世時，我又接到了二哥的通知；雖然心裡非常沮喪，失落感很重，但我沒有哭，只是將一切壓在心裡，一樣等兩個月後才與丈夫、女兒同往香港。現在想來我真是愚蠢，居然兩次都沒立刻飛去奔喪。如果沒有上這課，我可能會終身內疚與遺憾。

我和丈夫菲立普在傍晚時到達旅館，二哥與二嫂已在旅館等候，隨後帶我們去飯店與姐姐、姐夫會面，他們一面熱情款待，一面商討第二天的行程安排。

隔天早上，我們來到親生父母安息的妙法寺。出乎我意料的是，這寺院蓋得像藝術館般，有許多人觀光拍照。在我的請求下，姐姐特別為我準備鮮花與水果。來到父母的牌位前，我問二哥是否能將昨晚在旅館中寫給親生父母的信讀出來，二哥說：「當然可以。」沒想到我才開口說：「請原諒我晚了三十年才來向你們致敬……」兩眼早已淚眼模糊、泣不成聲，我深深愛著他們，以他們為榮，他們永遠都在我心中。我跪在那裡哭得不能自己，他們只好先將我帶往別處，以免打擾到其他人。

之後我到親生父母的骨灰前安放鮮花水果，家人讓我獨自一人，可以盡情對父母說我想說的話。生父在與我重逢四年後就過世，他曾寫給我近十封鼓勵、關心的信，而他那不怕艱難的堅毅精神，給了我很好的典範。與生母初次見面時，她一直對我說「對不起」，並握住我的手，告訴我她有多想我；雖然我聽不懂她講的每句客家話，但我知道她捨不得我，不希望我過苦日子。對從小一直以為自己是獨生女的我來說，一下子多了好多關心我的親人，我覺得自己是幸福的。我相信親生父母當初的決定是對的，因為養父母非常愛我。

向親生父母傾訴後，雖然我情緒仍舊激動，心靈卻十分舒暢；那是我過去不曾察覺內心且不敢去碰觸的地方，而將這被壓抑已久的軟弱情感充分宣洩之後，我好像變得不太一樣。

接下來第二天來到我出生的地方——沙田新界的「曾家大屋」，如今已成為古蹟，也是觀光景點。二哥指著那間六十年前住的屋子，當年他與大哥在那窗臺前看我被養父母帶走。後來家裡付不起四十五元港幣的房租，只好搬到更小的房子。

謙和又有內涵的姐夫是曾家主人，原來姐夫的母親在收租時，看上了我姐姐美麗、活潑、能幹又聰明的特質，姐姐也因此成了曾家媳婦，四哥笑說：「妳姐是『中國版灰故娘』」。姐姐於兩年前睡夢中過世，她的四個孩子輪流陪伴姐夫，安慰姐夫，姐姐是才德婦人，丈夫心裡倚靠她，她的愛永留我心。

中午，二哥與二嫂帶我們到北京樓午餐，他們大女兒及女婿也來了，二哥十二歲即開始靠著替人洗車，在餐廳打工賺錢，很幸運地碰到一位美國牧師，願意資助他每月十五元港幣讀書，但十個月後牧師回美國，他又沒法讀書。後來二哥又去書局打工，每天看書，他自小聰明伶俐，學什麼像什麼，之後自己開書局，並與二嫂結婚，他們又開貿易公司，二嫂十分幹練，是二哥的好幫手。那天坐我身旁的是他們大女兒，英國牛津大學畢業，其他三個女兒到國外留學，四個女兒遺傳父母的優點，個個出色傑出，孫女也是美國大學畢業。

生父是廣東梅縣人，曾在上海教育局任職。抵港之初是靠寫稿維生，到處投稿卻無法養活一家人，但他永不放棄，不斷出版著作，從《如何求生》、《兒童心理學》、《青年之路》到《學校教育行政》等共有七本，之後擔任能仁書院的校長，直到一九八二年在校長辦公室暈倒過世。我最小的妹妹也在能仁書院取得碩士學位，現今在加拿大教外國人書法，也常開書法展，很有才華。她的兩位女兒與母親一樣非常優秀。

四哥十八歲時向父親要了一張香港到美國的單程機票，身上只有百元美金；但他憑著聰明才智申請到獎學金，半工半讀取得博士學位。現在不僅在華人圈非常活躍，在醫學界亦十分出色，也常受邀來臺向有關單位演講。四哥女兒是博士，兒子是律師。

大哥忠厚老實，跟著上海老闆做了紡織生意數十年，後來自己創業，房子有好幾棟，但自從兒子在美國出車禍過世後，他的人生從此變為黑白。妻子遠赴加拿大與兒孫同住，他卻獨自一人住在香港，那天剛好是他生日，但他不願出來，也不希望我們去看他。不久得知大哥已過世，想起他的人生遭遇，頓時感到不勝唏噓。

最大的奇蹟是大姐，當初為了留在大陸陪奶奶而沒有出來，後來竟變出六位兒女，二十三位孫兒女，難怪後來大陸會有一胎計畫生育政策。「灰姑娘姐姐」有個雙胞胎哥哥，二十多年前因癌症過世。印象中他非常瀟灑，我第一次去香港是他來機場接我。兒子都很有出息，其中一位兒子在當傳道人。排行老九的弟弟一直在做生意，目前與太太仍很認真工作，事業很成功，兒子很有才華。他一直與母親同住，特別要感謝他對母親的照顧。

我們雖是一家人，兄弟姐妹命運各不同，緣分亦有長短深淺，正如潮漲潮退，來去匆匆。我雖沒有像兄弟姐妹那般受苦的過程，但我佩服他們在困苦的環境中力爭上游，更奮力栽培下一代，個個都成才。更感謝他們一直非常關心我，尤其我罹癌十年多，他們從四面八方常致電慰問與鼓勵，我何其幸運。

此趟四十八小時的香港之旅，我向生命的源頭鞠躬感謝，感覺自己的生命更完整，愛在心裡流動，讓我覺得很舒坦，並在這過程中遇見了全新的自己。

聽竹君
為你朗讀

# 母親教會我，天天開心，活著一天，快樂一天，不用想太多

父親的格局，母親的情緒，就是家庭最好的風水。

我記得八歲的時候，有一天母親特別把我叫到跟前來，對我說：「從今天起，這個家由妳來管。以後管家『順姐』（香港傭人都以『姐』相稱）會向妳報菜錢，由妳管理家中一切開支。」接著，母親拿出父親兩份工作的薪水袋，從裡面拿出部分的錢，告訴我，那是她的麻將本，其他都讓我來處理。

小時候，爸爸主要負責賺錢，讓我們過好日子，只要我們開心，其他事他都不發表意見。長大後，我讀到「零歲教育的秘訣」，上面清楚寫著，孩子八歲的時候，腦部的發育已經達到九〇%。我母親總是說「三歲看一生」，我從小被她嚴格訓練「服從」和「尊重」，但我很感恩她信任我、讓我管家，她知道我可以做到。

從此以後，大字不識的順姐，不用每天晚上追著母親算菜錢，只需和我報告。有一次，母親把賭本都輸光了，跟我拿錢。我很固執，說那是買菜和家用的錢，不給母親，母親罰我跪在地上反省。忠心的順姐，借了我一些錢，讓我先拿給母親，不要讓母親不開心。

之後，我和順姐兩人想出了很多省錢的妙招，比如把菜錢省著一點花，把省下來的錢藏在順姐那裡，以應母親不時之需。

某天晚上，一位朋友來我家拜訪，順姐明明在家，卻為了省電費，不開燈，我們的朋友以為家裡沒有人，白跑一趟。後來聽朋友說起，我們才知道，順姐為了這個家，非常節省，然而她對待別人卻很大方。順姐三不五時的就對我說：「長大以後要孝順父母。」後來我才知道，她知道我是領養的。她教會我「良心與感恩」，在她看來，就算書讀得再多，如果人沒有良心、不懂感恩，也是惘然。

我曾經看過一句話，深以為然，「父親的格局，母親的情緒，就是家庭最好的風水。」一個剛柔並濟的家庭，才能培養出「理性中帶感性，感性中帶理性」的孩子，溫柔又堅毅，才是孩子應該有的模樣。母親老時，常對友人說：「我女兒三歲時就會每天幫我找牌搭子，現在我九十幾歲，她照樣幫我找牌搭子。」她也會告訴我，天天開心，活著一天，快樂一天，不用想太多。

母親個性「天不怕、地不怕」，我和已故丈夫菲立普結婚後，有次家門口有年輕人鬧事，手拿開山刀對著丈夫，母親立刻擋在菲立普面前，說：「誰敢動我女婿？」鬧事的青年嚇跑了。我實在沒有母親的膽量。後來，遠在美國的婆婆知道後，非常感謝，沒想到在臺灣保護她兒子的，是我的母親。菲立普曾對我說，當年他看見我在公司裡的服從與尊重，相信我有能力幫他管好公司，也相信我有能力幫他把家顧好，所以向我求婚、娶我為妻。

前排左起：年輕時的竹君、順姐、竹君的母親；後排：竹君的丈夫菲立普。

我從小守住這個家，如今父母和丈夫都相繼到天家，女兒在美國，我在臺灣仍為她守住這個家，告訴她，「家門永遠為妳敞開。」

女兒和她的丈夫前一陣子回美國後，突然 LINE 給我，告訴我，她計畫和丈夫在明年一月初回臺灣，為我過生日。現在疫情那麼嚴峻，她長途跋涉、千山萬水地飛回家，還要先在防疫旅館住兩個星期，才能與我見面。我很為他們擔心，但內心是期待著的，我願他們一路平安。

聽竹君
為你朗讀

# 大時代的兒女情長

在動盪不安的時代，保有雲淡風輕的心態過日子，才能開朗大度，從不為明天憂慮。

母親一〇三歲過世後，我常常到她的房間，坐在她的化妝臺前，看著她與父親的合照，想著他們兩位現在在天堂的模樣。父親仍然那麼寵愛母親，什麼事都讓著母親。母親口中的貴人父親，在她三十三歲的時候出現。

我的母親，出生後還裹過小腳，她是獨生女，她的其他兄弟都夭折了。母親十三歲的時候，她的母親過世，她父親不久就續弦，繼母帶了一個兒子。母親就覺得父親不再像以前那麼愛她了。

母親屬虎，個性很豪邁，讀中學時，不愛讀書，喜歡做老大，常常身旁帶了一群同學一起去吃喝，帳單則請店家向她父親收取，過著開心又糊塗的青少年時期。

繼母過門不到一年，我的外祖父就過世了。母親把家中房契藏在園子裡，而繼母找了在法院的親戚，把母親當小偷一樣抓去關。後來大伯來保她，母親才說出房契藏匿地點，同時要求地契也要分一份給哥哥（是大伯過繼給父親的兒子），當時的觀念是「傳子不傳女」，母親的個性真是「敢作敢當」。

母親十六歲的時候，跟鄰居蘇小姐玩在一起，蘇小姐時髦又會打扮，母親也跟著注重裝扮，更陪蘇小姐去應徵電影明星。後來母親跟著蘇小姐到處奔波玩樂。當時某大報長得風度翩翩又喜愛攝影的名記者，跟明星之路剛起步的蘇小姐，來往密切，蘇小姐甚至為此離家出走，母親送他們上火車，並獻上無比的祝福。幾年後，母親與從事醫藥生意的藥劑師結婚。由於藥劑師經常要各省到處跑，母親自然跟著他把中國各省都跑遍了，生性豪邁的她心胸也因此更開闊了。

後來戰爭爆發，母親一個人帶著婆婆跟小姑一起逃難到租借地，幹練沉著地處理事情，母親展現北方人強悍勇敢的作風，著實讓婆婆跟小姑刮目相看。就在母親為家庭奉獻犧牲的同時，她發現丈夫有外遇，一氣之下就二話不說的要求簽字離婚，也不要求任何贍養費。在那個年代提離婚，需要很大勇氣，而母親就這樣剛毅果敢的一個人重新出發。

母親當年三十三歲，一個人在上海印鈔局工作，每天看著鈔票，對錢這玩意也越來越不在乎，她毫無牽掛，開開心心的過日子，也常常跟朋友去舞廳。有一天，她在舞廳遠遠看見一個熟悉的身影，便請服務生遞過紙條去問那人是否就是十七年前那位名記者（蘇小姐的男友），他立刻走向母親，多年老友不見，兩人都很開心，那時他已經是某大報總編輯，風采依舊，風度翩翩，母親問他：「你現在一個人嗎？」他點頭並反問母親：「妳呢？」母親說：「我也一個人。」

有人說這是命運，也有人說這是緣分，我相信這是上帝的安排。母親常常說她的貴人是在三十三歲出現，就是改變母親一生的記者、總編輯，而他就是我一生最崇敬的父親。

我的祖父褚德彝是清朝名書法家，因為父親出生書香門第，小時候由奶媽帶大。之後到北京大學讀英國文學系，身處新潮流與傳統思想之間，是那動盪時代的典型代表。由於父親服務新聞界，對時局非常敏感，民國三十六年，也就是母親見到父親的那年，父親見時局動盪，準備去香港，便問母親願否同去？一向果敢的母親當下就決定跟他一起走。父親有新聞界背景，又會上海話、廣東話、英語、國語，白天在華商廣告公司兼差，晚上到《星島日報》上班，此外還辦雜誌，生活非常忙碌。母親雖然不會說廣東話，卻能和鄰居打麻將，並且和只會說廣東話的順姐（香港傭人都以「姐」相稱）相處十七年，直到搬來臺灣。

母親雖過著無憂無慮的日子，每天在牌桌上仍感覺空虛，於是常去孤兒院，想要認領小孩。那時有位常投稿到父親上班報社的先生，因為環境太困苦，便將排行老八，才八個月大的我，送給了渴望兒女的母親。

當時五十多歲的父親對我更是寵愛備至，母親用北方土話形容父親寶貝我的程度：「捧在頭上怕摔了，含在口裡怕化了。」父親對我的呵護實在是世間少有，直到他過世前，從未大聲對我說過一句話。

母親是權威角色，從小就訓誡我說：「我說這桌子是圓的，它就是圓的，就算是方的，妳也是要說圓的。」其實母親是「刀子嘴豆腐心」，我深知她非常愛我和父親，她用的方法是：「打是疼，罵是愛，急了用腳踹」。

而我從小最恨麻將，因為它奪走母親對我的愛，使她沒有時間關心我。後來母親對我說：「妳三歲就會到鄰居家替我找牌搭子，多懂事啊！」確實，我八歲開始管家，每天聽順姐向我報家用，母親把家交給我管，而她只要每天打牌即可。幸虧母親從小訓練我，我就像個小大人，十二歲我們到臺灣，全是由我去辦簽證，母親完全不用為此操心。

民國五十三年，我和父母全家三人都還在香港，那天母親照常坐在牌桌上，突然那位常來跟爸爸「密談」的叔叔造訪，順姐（對我家最忠心的保母）便把母親從牌桌上請下來，母親和那位叔叔說了幾句話，印象中母親似乎沒什麼情緒，繼續回到牌桌上打牌。

當晚母親告訴我，父親已經離開香港了，叫我明天去辦簽證，兩天後，那位叔叔交給母親一封父親從澳門寄來的信，要我拿去給父親上班的報社請假。接著我和母親去買皮箱，她發現被人跟蹤，那位叔叔叫我們不要回家了，直接去住旅館；當晚他又叫我們趕緊去碼頭。

母親說要跟一位朋友道別，在一片漆黑的碼頭邊，沈媽媽帶了一籃水果來送行，再將手上的鑽戒送給母親當紀念。後來我們被帶到一艘船上，躲進一間小密室，過了一陣子，聽到上頭有人聲在檢查，當人聲退去，就有人告訴我們可以爬出來了。

我當時心裡想：「再過兩天就可以領簽證搭飛機，為什麼要這樣？」後來才知道我們家已經被「封鎖」。

我和母親在那搖擺不定的船艙裡，吐到黃疸水都出來了，折騰了兩天終於到達高雄，被安排住進旅館，由於肚子很餓，我叫了一碗粥，結果來了一碗很濃稠的粥，跟香港很稀的粥不太一樣，當下確定我們已經到了臺灣。我知道父親突然不告而別一定有苦衷，我和母親那麼倉促地離開香港，也有不得已的原因。到了臺灣我們備受禮遇，坐夜車一路從高雄到臺北，在臺北車站見到一星期不見的父親，我喜出望外的奔向父親。

原來父親是情報員，母親對此一點都不知道，但在我的印象中，她竟完全不慌張，臨危不亂，不動聲色地聽從指示，在香港時連一樣東西都不敢動，以免打草驚蛇。母親什麼也沒跟我說，因為她可能跟我一樣什麼都不知道。

那年三月二十一日，父親以投奔自由反共義士身分召開中外記者招待會，原來

竹君母親、父親年輕時的留影。

竹君母親、父親結縭近一甲子。

他在香港化名十七年，回臺之後，父親總算可以用真實的名字來度過他的後半生。因為父親與已故世新大學董事長成舍我先生是北大同學，而且在大陸時，曾在成故董事長報社任總編輯，於是父親來臺後，到世新任教。我後來也到世新讀書。

我三十歲嫁作洋人婦，不會說英文的母親，居然能夠跟洋女婿相處三十多年。四十歲時，我做了媽媽，母親盼了十年，終於當了外婆，自此將生活重心轉向照顧外孫女。隔年九十七歲的父親，因一場感冒轉肺炎，一個月內過世。母親悲痛不已，我們都在她身旁陪伴，常去教會，她才慢慢走出悲傷。

我想這都是上帝的恩典，讓我有機會親自照顧母親，親眼看到母親因小腦受損走路不平衡，大腦也萎縮，被醫生診斷為「老人失智症」，她的情緒由初期「雲霄飛車」一般起伏，有時候忘記自己的名字，忘記吃過飯，度過一段不斷重複一些動作，不斷把東西丟出去再收回來，咬人打人罵人，半夜大叫，有時候，母親又能清楚的一遍又一遍地訴說往事，好像「從這個世界到另外一個世界玩一玩又回來」；有時候又能條理分明的跟我談事情。

年輕時愛玩的母親，九十多歲時，每天一早問我：「寶貝，今天有什麼節目？我們上哪去玩？」於是我每天帶著母親到處玩耍，例如逛公園賞花、看京劇、聽相聲和京韻大鼓、每個月到父親的墓園、一起去教會做禮拜、參加教會的老人長青團契，還有陪母親每天半小時健腦衛生麻將，從小我最恨麻將奪走我的母愛，但是後來我卻每天要印傭一起，陪母親打麻將。

陪伴照顧母親是我生活的重心，每天抱她、親她、說愛她，唱「世上只有媽媽好」，母親也會和我一起唱從前她教我的北京小調。在我的記憶裡我母親沒有什麼不開心的事，她天生就是有份「自在」，她總是開開心心，雲淡風輕的過日子，從不為明天憂慮。最重要，她一生信主，常常禱告。母親非常幸運有一位具有高度修養且非常寵愛她的丈夫，只要母親開心，父親總是順著母親。

「勿忘初衷」，父親真的做到了。我問父親如何能夠忍受母親每天去打麻將，父親回答我說：「在我心中，母親依舊是當年非常可愛的模樣。只要她開心最重要。」

父親九十七歲的時候，每個星期天我倆可以聊天一兩個小時還意猶未盡。電話號碼、郵局銀行帳號，永遠在他腦中。連我們賣了兩年多的車子，他坐在車上，居然還認得前方的車子曾是我們的，因為他記得車牌號碼。他更有過目不忘的本領，九十七歲仍可寫得一手蠅頭小楷。

我想父親九十七歲，卻是頭腦清楚，身體健康，心境平和，寬容大度。母親能夠成為一〇三歲人瑞，除了他們的豁達的個性、信仰，還有家人圍繞身旁。在他們年邁的時候都一致表達，他們與家人一起很開心很滿足。在此追思父母，我很感謝，我有個好家庭，有非常疼愛我的父母親，讓我在濃濃的愛裡長大。我很感恩他們。

聽竹君
為你朗讀

# 探尋漫漫家族史，感念祖先，是傳承也是教育

先人對鍾情事物，努力不懈，不為不義之財所誘惑，留下典範。

我的初中同學夏林清博士和我分享中國書店出版發行的《褚德彝遺印》一書，書中介紹我的祖父、金石巨擘褚德彝（一八七一—一九四二年）的書法、書籍及他的一生事蹟。夏博士同時告訴我，她丈夫是我祖父文物的愛好者。

我立刻Google，發現介紹祖父及曾祖父的文章、書籍不少，便請老同事Andy王幫我在上海代買祖父的著作《竹人續錄》、《金石學錄》等。同時向律師Roger請教「著作權法」，證實著作人離世已逾七十年者，其著作財產權消滅。

祖父過世八十年後，他的著作由多位文人墨客集結，再度公諸於世，我心中萬分感動，也引以為榮。我想發掘更多祖父和曾祖父的故事，並把它們寫出來，傳承家族的歷史。

父親生前從未提及祖父及曾祖父，但曾說自己「一生一事無成，愧對祖先」。我當時聽不懂，認為父親過謙，我跟父親說，您是天下最好的父親。在我眼裡，我的父親褚保衡學養豐富，尤其性格修為之高，四十年來，從未對我大聲說過一句話，為家為國都有貢獻。父親自北大英國文學系畢業，與我的洋丈夫溝通無礙，相處同一屋簷下，丈夫對父親萬分欽佩。

在祖父過世八十年後，看到曾祖父及祖父的事蹟，我才恍然大悟，明白父親的感受。四十年前，住在紐約的叔叔，曾將祖父在美國華盛頓佛利爾博物館藏品「內人雙陸圖」上書寫的引首及長跋申請副本，寄給我的父親。

祖父不只是金石學家，在書畫及古物鑑定上，更獨具慧眼。當年上海的收藏大家，購買到金石碑帖後，往往會拿來請祖父鑑定真偽，以其一言為準。根據文人雅士及專家們對祖父的記述，祖父擅長書法繪畫，精於金石考證，著作有《金石學錄續補》、《壬寅消夏記》、《武梁祠畫像補考》、《松窗金石文跋尾》、《竹人續錄》等著作二十多種，同時精於篆刻、璽印，後人收集祖父的刻印作品，收錄為《松窗遺印》一書。

曾祖父褚成亮也是文人，平日以搜訪舊籍、研析疑義為樂，在清代參將崔萬清手下擔任書記。清軍打敗太平天國軍隊後，崔萬清曾想將太平軍遺留下的部分財物送給曾祖父，那年曾祖父才十九歲，卻堅決不收，不忮不求的高風亮節，令人敬佩。

光緒三年，曾祖父考中進士，在等待殿試分級時，突然咳血，未能應殿試而歸，次年離世，年僅三十三歲，著有《南溪詩集》、《校經室遺集》、《餘杭縣誌補遺》、《海上秋感》等書。

曾祖父能書善畫，是祖父鑑賞金石的啟蒙老師。光緒十七年，祖父考上舉人，在北京認識了藏書家費念慈，並拜他為師，隨他走遍京中藏書及藏古人家，並學習書法碑帖文物及藏書方面的知識，讓祖父獲益匪淺。

光緒二十八年，祖父應代理湖廣總督端方邀請，協助端方整理金石書畫文物。端方著述《陶齋吉金錄》、《陶齋藏石記》等書中文物的鑑別排比，大多出自祖父之手。之後，祖父被清朝揀選為福州知縣。辛亥革命後，祖父定居上海，一直以賣書畫、賣印為生，也和著名書法、篆刻、金石收藏家張祖翼成為好友。由於祖父鑑定金石文物的功力在收藏界首屈一指，就有不少古董商及書畫掮客上門打他的主意，賄賂祖父，希望祖父將他們要兜售的文物評為珍品，但都被祖父嚴詞拒絕。

一九三七年七七事變後，日本攻陷上海，上海四面凋敝，民不聊生，祖父的生

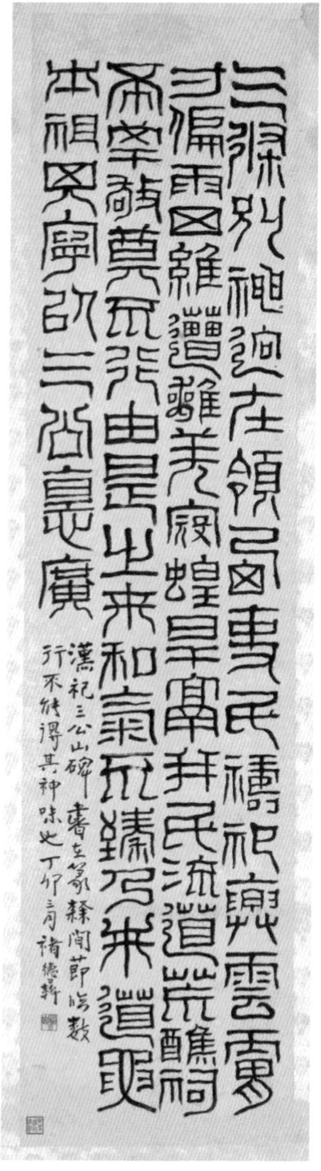

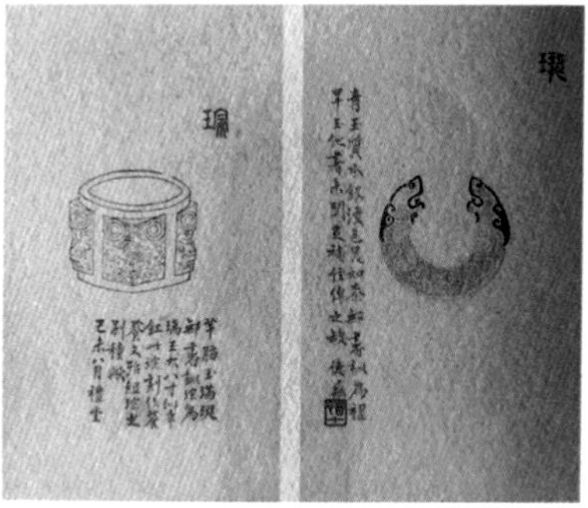

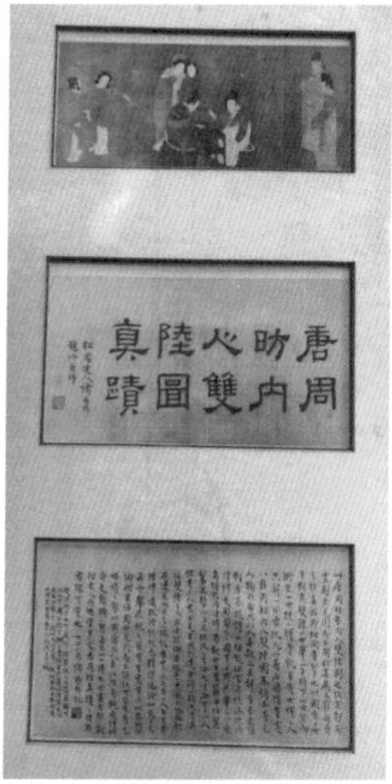


3 | 1 / 2

1. 褚德彝親製古玉花箋及複製品二張，翻攝於谷卿、馮松整理，《褚德彝遺印》，中國書店出版社，2021 年 5 月出版。
2. 美國華盛頓佛利爾博物館藏品「內人雙陸圖」之副本翻攝，中、下即為褚德彝所著之引首及跋文。
3. 褚德彝墨寶。照片來源：谷卿、馮松整理，《褚德彝遺印》，中國書店出版社，2021 年 5 月出版。

活也相當艱苦。有人想請祖父揮毫，將他的墨寶獻給日本人。雖然潤筆費相當豐厚，但祖父不為所動，推說自己年事已高，寫字手抖，不能再寫書法。

其實那時祖父已經三餐不繼，但他認為自己必須堅守愛國操守，寧願出售珍愛的藏書及文物維持生計，也不願妥協。祖父還自嘲：「我以食古為堂號，本意是怕自己食古不化。沒有想到，現在靠出賣古物吃飯，成了真正的食古了。」

祖父因為心境不舒爽，身體逐漸變差，於貧病交迫中過世。祖父死後，所居房子出售，家中收藏的都是祖父心愛之品，卻也論斤出售給收買舊貨的人。第二天許多人聽到這個消息，連忙趕來搶救文物，但已經找不到舊貨商的行蹤。

祖父雖然自幼喪父，但對自己所鍾情的事物，努力不懈，一生中得到很多貴人相助，不為不義之財所誘惑，更不忘儒家思想「忠誠」、「愛國」。離世後蓋棺論定，八〇年後，自有公評。

我研讀有關祖父及曾祖父的一生，不只欽佩他們的才華洋溢，更欽佩他們做為讀書人的高尚品格、愛國情操以及清廉作風。於此時刻，感恩祖先，是哀思、是心靜，是思接千載、神遊萬仞，是傳承、是教育。更懂感恩與惜福，更明白人生！

聽竹君
為你朗讀

## 感謝生父給我生命、養父的養育之恩

父親的不抱怨、不批評、不責備、不說教，展現可貴的涵養與胸襟。

我這一生有兩位父親，一位是生父，一位是養父。他們兩位都對我的人生有很大的啟發。如今他們都已在天堂，但他們的精神永遠與我同在。

我的生父是一位文人，在我尚未出生時，經常投稿在報上刊登。我八個月大的時候，因為家中兄姊眾多、食指浩繁，生父做了一個困難的決定，將我送給報社的總編輯，也就是我的養父。這時我的養父已經五十五歲了，他和我的養母膝下無子，非常疼愛我。

養父母給了我濃濃的愛和豐裕的家庭環境。小的時候自認是獨生女，得到父母滿滿的愛。養母常用北京土話形容養父對我的愛，是「捧在頭上怕摔了，含在嘴裡怕化了」。養父一看到我就笑，我一看到養父，就撲向他的懷裡，我們是一對親得不能再親的父女，有著非常深厚的父女情。

當時我和養父母一起住在香港的英皇道，養父一個人要做兩三份工作，維持整個家庭，只想讓我和養母過舒適的生活。每個禮拜天，他都會帶我出去玩、去吃我最喜歡的東西。我和他在世上一共相處了四十年，他從來沒有對我大聲說過一句話，也真正做到「不抱怨、不批評、不責備、不說教」，可見他的深厚涵養與開闊胸襟。

養父畢業於北京大學英國文學系，我和丈夫菲立普結婚後，他和美國女婿在語言溝通上自然沒有問題，但我的養母一句英文都不會，相處於一個屋簷下，每當我的養母和丈夫因為文化差異與個性不同，產生誤解或衝突時，養父都會用慈悲、同理、愛與智慧化解兩人之間的誤會，使這對語言不能互通的丈母娘和女婿能和諧相處長達數十年。

我十二歲的時候，和養父母輾轉遷至臺灣居住。二十五歲時，養父告訴我，生父在找我。於是我和生父在香港短暫相認，此後五年間，生父寫給我十多封鼓勵我的信，對我鼓舞很大。

生父在信中告訴我，在最困難艱苦的時候，他是如何靠著寫書、寫文章養活一家人。我排行老八，他沒辦法給我溫飽，只能把我送給他認為很有愛心又可以讓我生活好的人家。那時他只能租一間小房間，全家人都住在裡面。他在走廊上，擺了一張小小的桌子，日以繼夜地寫著文章，鄰居走來走去，絲毫不影響他。

生父畢業於廈門大學法律系。在數十年後，他得到一個機會，到香港中文大學校外課程中授課。香港著名的洗塵法師在聆聽生父授課，並閱讀生父十多本著作後，於是在一九六八年請生父籌劃第一間香港佛教大學，名為「能仁書院」，請生父擔任校長，生父欣然扛起這個責任。一九八二年，他在辦公室中風過世，任職共十五年。而自我二十五歲與他短暫相認，我們親生父女能順利往來通信的時間，僅僅只有五年。

生父有著「永不放棄」的精神，無論家裡窮到什麼地步，他都會咬緊牙關度過風浪。二〇二〇年丈夫過世、女兒女婿回美國後，我處在人生低谷，在美國的親生四哥常用電話鼓勵我，我向他問起生父的個性及人生觀。四哥告訴我：生父很有憐憫心，遇到家裡貧窮，沒地方住的學生，雖然自己住的地方也小，仍會讓學生暫住在家裡，再幫學生想辦法，並鼓勵他們。

對於有志向的學生，生父也很喜歡請他們吃飯，一起討論人生的目的和意義。家裡沒有什麼錢，生父就會請姐姐做家常小菜招待。這位姐姐非常能幹，後來被房東的母親看上、娶做媳婦，成為兄弟姐妹中最富有的人，四哥笑她是灰姑娘。

這一生，我擁有兩位非常偉大的父親，我不僅感謝生父給我生命，在逆境中忍痛把我送到環境較好的家庭，更感謝養父的養育之恩，讓我享受到世間最可貴的父女情。

竹君的生父（左）與養父（右）合影。

小時候養父常常帶竹君出去玩，養父老了，竹君常帶他出去玩。

聽竹君
為你朗讀

# 美國公公處世哲學：用幽默化解別人的尷尬

幽默能讓別人開心，也能讓在一起的人感到愉悅且自在。

菲立普的父親，我的公公，出生於美國紐澤西州，他的祖先則來自德國。他年輕時在紐約的人壽保險公司擔任會計，每天來往於紐約和紐澤西之間，假日更在其他公司兼差做會計，非常勤奮努力。

他在紐約的人壽保險公司工作三十五年後，當上總經理，更被選為紐澤西州的議會財務主席。之後，他又在儲蓄貸款銀行擔任總裁，繼續工作了十五年才退休。為了要給家人一個快樂安定的家，他一生都很努力。

我的公公，在我心中是位很有思想、幽默、健談、仁慈、博學、圓融，也很有智慧的人。他很喜歡看歷史書和球賽。我非常懷念每年聖誕節午夜十二點和他一起守著電視看紐約—聖帕特里克大教堂實況轉播的時光。他是典型的美國老人，我非常尊敬、喜歡且欣賞他。他最令我佩服的，是讓別人開心的幽默感，他能用幽默化解別人的尷尬，讓跟他在一起的人非常愉悅且自在。

回想一九八二年，我跟菲立普剛結婚時，我與公婆在早餐桌旁一同看電視晨間新聞，新聞正在報導一位有錢女子的故事，婆婆突然問我：「為什麼妳不是有錢人呢？」我立刻告訴她：「我覺得自己非常『富有』，從小父母非常愛我，我有個快樂的家庭，這就是我的『富有』。」

婆婆聽了，一臉不解的表情，公公立刻打圓場說：「我懂，妳說的是心靈上的富足，我跟妳的富有是一樣的。今年的結婚紀念日，我會送一輛妳婆婆夢寐以求的新車給她。」事後公公告訴我，因為他去年送給婆婆的，是他親手製作的婆婆想要的「模型車」而已，美國人真是幽默且直白。

婆婆和菲立普也非常幽默，可是他們是開別人玩笑的幽默。他們很喜歡在電話中說：「你又偷懶睡覺了，哈哈哈，被我抓到了。」他們是想製造輕鬆愉快的氣氛，可是對方就會很尷尬，明知道他們在開玩笑，卻不知道如何應對。

我公公接待鄰居夫妻時，喜歡把家裡的酒拿出來，為朋友倒上。有時鄰居太太會阻止，怕他們的丈夫喝太多，我公公很會打圓場，他說：「我的酒只會讓妳丈夫放鬆快樂，不會醉的。」最後大家都哈哈大笑。

有時婆婆開車載我和小姑到公公上班的公司，與他會合一起去吃晚餐，公司中的一群女生蜂擁而上，對我這個臺灣來的媳婦很好奇。我發現公公對每位同事都很友善且非常了解，向我介紹她們時，都大大稱讚她們一番，搞得每個人都喜孜孜的笑開懷，回給他擁抱。

婆婆告訴我，在家裡，公公都當好人，從來不批評，也不要求，壞人都給婆婆做。如果我在吃早餐時，發現公婆晚上「落枕」，我就會用我特別帶去的精油，替他們輕輕按摩。公公的手指有關節炎，氣候一變就會痛，有時候腰背也會痛，我都會替他們按摩。

四十多年前，有次公公理髮回來，跟婆婆說理髮要十五美元，還不包括洗頭。我說：「我可以幫您洗呀。」公公一臉迷惑，問我：「妳到底要什麼？為什麼對我們這麼好？」這可把我問傻了，因為我從沒想到向他們要求什麼。他們是我的公婆，我喜歡替他們做些事，希望他們快樂。在家裡，我也一樣喜歡替我父親洗頭按摩，喜歡讓他感到快樂、舒服。

後來，我跟菲利普提到這件事，他告訴我，在美國，許多子女在有求於父母時，就會突然對父母特別好。父母必須問個清楚，他們要打父母什麼主意，才決定能不能接受子女的好意。

婚後，公婆來臺，我們都非常興奮，好好準備接待他們，且安排了旅遊。但因為行程太緊湊，公公得了感冒，婆婆告訴我：「我們主要是來看兒子的，不要安排

年輕時的公公與婆婆。

鶼鰈情深的公公與婆婆。

那麼多行程。」有一天我們來到高雄的澄清湖，公公走不動了，我在車上陪公公，菲立普陪婆婆逛逛。

在車上，我請教公公，人們覺得結婚五十週年值得紀念，而他對婚姻的看法是什麼？公公回答說：「就要互相忍耐嘛！離婚很麻煩的！」公公的直白回答讓我當場語塞。公婆他們結婚六十七年，也互相忍耐了六十七年。

我記得每次婆婆跟公公意見不同的時候，婆婆就會深呼吸倒數：「十、九、八、七、六……」有時，我也跟婆婆一起數。有一次，半小時後，公公要外出了，跑過來跟婆婆親嘴，很大聲地親三下，這跟我們說的「床頭吵床尾和」不謀而合。

轉眼間，公公已離開我們十八年了，他是九十五歲高齡過世。

每每想起他，都是一副仁慈溫暖的笑容。他的精神永留我心。

聽竹君
為你朗讀

# 憶亡夫，我會好好的活下去，等待與你重逢

你的靈魂影響了我，紀念你最好的方法，是延續你的精神，開心地做自己，也把歡笑帶給別人。

回想四十三年前你錄用我做你的祕書、三十八年前我成為你的妻子，我的內心充滿感恩與喜悅。你教會我許許多多的事……

你是個浪漫的人，中國情人節、西洋情人節、我的生日、聖誕節，你一定會送

花、小禮物和卡片給我。你也是個好女婿，帶給我年邁的父母許多樂趣。尤其是女兒加入我們的生活後，我父親說：你的笑容更多了。

記得有個聖誕夜，我拆開第一個禮物，禮物上指示我到另一個地方找第二份禮物，第二份禮物又指引我去找第三份禮物。不懂浪漫的我，責怪你為什麼浪費那麼多錢、準備這麼多份禮物。我父母則覺得很有趣，像小孩玩遊戲，他們玩「尋寶」玩得不亦樂乎。

每年的情人節，你都會準備兩束花、兩張卡片，其中一份給我，另一份送給我母親。你是位很喜歡給人驚喜的人，常買一些你覺得會讓我感到驚喜的禮物送我。前些年，我總是不懂風情，向你抱怨：「那麼花俏的衣服，我怎麼能穿？我要去換。」你說，你事先已和店員講好，我太太可能要來換。你一點都不會生氣，還陪我去，且非常有耐心的在店裡面等我一件件試穿。

母親罹患失智症，半夜會大叫大鬧，你很晚才睡，只要聽到母親的聲音，就會

菲立普是好丈夫、好父親、也是個好女婿。

菲立普多年來在各種節日送給竹君的卡片。

從書房跑到母親房間看她，怕母親把鼻胃管拔掉。往往是我聽見母親的聲音時，你已經安撫母親很久了。母親雖然不會講英文，但她和你相處三十四年時間，我結婚多年來，她多次告訴我，你的心地很好。

在工作上，你是認真負責的人。辦公桌上，所有文件擺放得井然有序，抽屜裡也是，無論要找什麼東西，你一下就找到，比我這個做你祕書的妻子還厲害，我非常佩服你。

你有兩個原則：一、「永不放棄」，遇到困難就想辦法解決，不輕言放棄，我也從你身上學到這一點；二、如果和別人起了爭執，一定主動想辦法和對方和解。

來臺四十三年，不會說國語的你，依然能和大家打成一片，讓我更了解在「溝通」中，語言並不是唯一的工具。做為老闆，你非常敏銳，可以在很短的時間裡看出每個人的優點，讓公司同事發揮所長。你也有很寬容的心胸和同理心，我有幸跟在你身邊學習四十三年，我發現你年齡越長，修養更好。

四十多年來，東方文化對你的影響很大。你保有美國人的樂觀爽朗、率真，也學到東方文化的包容、謙和與忍耐。誠如心理學家所說，每個人的價值觀和人生態度會受個人修養、文化差異、成長背景、人生經驗及所受教育的影響，而有所不同。你是個感恩、知足的人，時常告訴我，你很快樂。

你總是讓我很放心地和你分享所有的喜怒哀樂，並且耐心聆聽，跟你在一起，我非常舒服自在。我們彼此互相依賴、形影不離。你對我非常信任，如果我們意見不同的時候，你都會讓著我，因為你很珍惜我們的感情。對與錯都不重要，你喜歡看我開心，也非常寵我。

任何我想做的事，你都鼓勵與支持我。是你點燃我心中的信心與力量，讓我快樂地做自己。你完全尊重我、懂我。有夫君如此，夫復何求？

親愛的丈夫，能與你這樣有趣有愛心的人互相溫暖與理解，相知、相守、相愛一生，非常值得。我們在三軍總醫院英研社的同學說：「看到妳和菲立普老師的互動，覺得很感動，能有一位相知相惜的牽手，是人生美好的事。」

我以前是不會開懷大笑的人，膽小又緊張，但相處越久，你的靈魂影響了我。紀念你最好的方法，是延續你的精神，開心地做自己，也把歡笑帶給別人。你沒有離開，只是換個地方，在上帝身旁，繼續守護著我和我們小小的家，你永遠活在我的心中。

千言萬語也無法表達我對你的愛與感謝於萬一。你放心吧！我會好好活下去，等待有一天與你在天家重逢，我願再做你的妻子。

聽竹君
為你朗讀

# 每個家庭的故事都值得被書寫、把經驗傳承給下一代

梳理自己一生的故事，透過回憶來傳承，也讓自己過得更舒坦。

日前參加了我的同學夏林清博士的新書《家是個張力場》發表會。她是哈佛大學心理學博士。在發表會上，她請了好幾位學生（同時也是她的共同書寫夥伴）邀請父母同時出席，分享自己與家人的感情及家庭關係的轉化，讓人非常震撼感動。

夏林清強調，每個人在中年時，都應該回想、梳理自己一生的故事，透過回憶來傳

承，也讓自己過得更舒坦。

我十二、十三歲時從香港到臺灣，那時我父親已經六十八歲了，我年紀還小，不能養家，父親需要養活我們一家人。所幸父親在北大的同學，成故董事長舍我，是當時的世界新聞專科學校創辦人。成故董事長在北京、上海創辦《世界日報》、《世界畫報》和《立報》時，父親曾先後在這三間報社工作，因為這層關係，成故董事長對父親的能力有所了解，當他在臺灣和父親重逢時，便邀請父親到世新教英文、新聞攝影、編輯採訪，並帶領學生實習。

父親當時還兼任校刊編輯工作，每週六出版。雖然父親必須從芝山岩搭兩三次車才能到達位在木柵的世新上班，但父親心情非常好。我還記得那時我們住在芝山岩，父親邀請同事到我們家，在園子裡可以看到臺北的夜景。母親包了許多水餃，也做了烙餅、炸醬麵等各種北方的食物。我才知道母親深藏許多拿手絕活。過去在香港，因為有管家順姐在，母親從來沒有動手做過任何菜。

某一天，父親突然胃出血住院，原來，父親因為好心，為一位香港的老朋友作擔保人，結果朋友跑了，父親要賠償。父親獨自承受這個壓力，沒有告訴我們，以至於壓力太大才會胃出血。

父親在醫院住了兩個月，一度病危輸血，讓母親和我非常憂心。我那時候小小的心靈立下志願，只想快點賺錢養家，不要讓他們受苦。我小時候他們讓我過好日子，給我一個溫暖的家，我要趕快長大，讓他們過好日子。

我十六歲的時候，就開始當家教、賺錢幫忙家計。一開始教的大部分是芝山岩附近至善國中的學生。那時臺灣的初中剛改制成國中，很多家長都希望替小孩的英文打好基礎。我初中同學陳絲竫的妹妹，便找了幾個同學，請我當他們的小老師。

後來我們搬到木柵，那裡有電力公司宿舍，每天都有許多國中生，放學後便揹著書包到我家學英文，每次約十個同學，週間上課四次，晚上和假日我另外再兼家教，把時間排得滿滿的。

爸爸比我還拚命，他白天在重慶南路的書局工作，協助書局重新印製許多書。晚上六點下班後，他從臺北車站坐車到基隆的《民眾日報》上班，半夜四點鐘再坐送報的車子回到木柵。

我二十歲畢業，在畢業前我已經找到工作，開始在中國信託當助理人員。二十六歲的時候，感謝恩師伍老師對我的信任，把自己的房子賣給我。最開心的是我的父母，因為有了自己的房子，他們再也不用每年搬家了。

正如夏博士所言，每個家庭的故事都值得被回想和記憶，並將生活經驗傳承給下一代，這樣我們一輩子可以都活得舒坦、坦蕩。

聽竹君
為你朗讀

## 能幹有愛心又懂感恩的洋女婿加入，珍惜這緣分

面對語言、文化截然不同，而為愛走天涯，的確勇氣可嘉。

洋女婿隨女兒來臺不到一個月，即要面臨很大的壓力。我心裡不斷禱告，盡全力幫助女婿度過來臺初期最辛苦的階段。女婿在臺灣除了語言不通外，這段日子他為辦理各種手續，跑了許多政府機關，但每個機關的說法卻不盡相同，有時令他感到十分沮喪與挫折。

就以外國駕照換領本國駕照為例。我們到監理所網站查詢，得到的資訊是：由於臺灣和美國是互惠國，女婿直接使用紐約市發給他的小汽車駕駛執照換領本國駕照即可。我們再詢問某大保險公司保險理賠部，對方也給予我相同回覆。但打電話去監理所確認時，監理所人員卻說，換領本國駕照除需提供居留證外，還需要通過路考和筆試。我說，某人壽公司承保車險三十年經驗的主管告訴我們，在相關文件第幾頁表格已清楚說明，使用紐約駕照換領即可。監理所小姐查詢過後，回覆我：「互惠」確有其事，可以用紐約駕照換領本國駕照。女婿於是上網再確認，他說要考試。到底哪個答案才是對的？

女婿說：「好痛苦啊！」我突然想起之前曾請一位會講英文的資深教練陪女婿練車，一問之下，這位教練立刻介紹專門協助辦理相關手續的小姐給我。這位小姐非常專業，告訴我紐約不是互惠地區，換領本國駕照，需要準備居留證、體檢報告，同時仍要考筆試和路考。

關於路考，女婿認為自己十六歲時就取得駕照，在美國、英國、歐洲都開過車，應該沒有問題，但女兒提醒他，臺灣「路考」有些訣竅，若一不小心壓線，即前功盡棄，必須下次再來。他上網一查，果然有「S型進退」等測驗項目。他於是聽了女兒的話，到教練場試開一次。

我和女兒的壓力也很大，因為女婿不會中文，我們兩人便幫他確認各種文件。有一次，我們母女為了幫他的方式不同而發生爭執，女婿說：「妳們讓寶貝愛犬英雄拉肚子，因為牠嗅出了火藥味。」天哪！我說：「在美國和英國，你們爭吵，英雄都拉肚子嗎？」沒人回答我。

有一天早餐時，我和女婿懇談：他剛來臺灣，立刻要辦許多證件、登記結婚，等到居留證下來，才能在銀行開戶、換領駕照、辦理健保，最重要的是找工作。他說幸好有許多好友幫忙及指導，我覺得非常感恩。

不懂中文的他才三十歲，在我眼裡很年輕，他卻覺得自己不年輕。他說，自己高中就開始打工，大學也是貸款完成學業，在他看來，什麼都要靠自己。他六歲時跟母親和繼父從烏克蘭移民到美國，一開始不會講英文，受盡欺侮。大學畢業後，八年來一直擔任電腦工程師，只要對著電腦工作就好，直到碰見學心理學的女兒，用同理心了解他，更不斷鼓勵他，讓他得到老闆賞識及同事關照，才變得喜歡跟別人溝通。但到了臺灣，文化、語言完全不同，他心裡有許多擔憂。

我問清楚他在國外的薪資，在臺灣的確很難找到相等的。這一點他當初就知道，卻仍願意放棄高薪工作，重新出發，為愛走天涯，的確勇氣可嘉。他說，他要試試。他那有智慧的母親也常來電鼓勵他，讓他信心大增。

我對他說：「很感謝你願意陪我女兒回來，她父親特別開心，讓我們年老生病的兩個老人，享受有你們在身旁的快樂。」他說我的丈夫，除了皮膚白，思想已經和臺灣人一樣，完全融入這裡的文化與生活。我說，你觀察入微，丈夫回美國，很不習慣。

我的丈夫來臺已四十二年，的確是很長的一段時間。回想一路走來的日子，他覺得自己非常幸運，有很多貴人幫忙，他也知道「貴人」兩個字的意思。他真正懂得「知足感恩」，難怪很多人都以為他是牧師，他的心地和年輕時相比，也變得非常柔和謙卑、不計較。狗狗「英雄」有時坐在他每晚坐著看電視的躺椅上，我就叫「英雄」下來，丈夫說「讓牠坐，沒關係」。丈夫也和女婿分享他剛到臺灣時感到的種種挫折。我丈夫和好友們都非常關心女婿和女兒，幫他找工作。大家都認為他有了工作之後，才會有安全感。

在家裡，女婿什麼事都願意幫忙。他會做拿手菜：烤鮭魚、巧達湯；丈夫下班後，他會算準時間上菜，非常貼心。他也會幫忙整理家務，清洗魚缸、冰箱，測溫度針，修理烘衣機、洗碗機，為大家叫菜、買菜，家中需要什麼，他都盡力去做。寫到這裡，我泣不成聲，他真的是一位很棒的女婿，我們都非常感恩與惜福。

聽竹君
為你朗讀

# 延長我生命的貴人醫生

病痛來了，但打開層層包裝，
裡面都是關愛與祝福。

回顧過往，生命中出現幫助我的貴人無數，而其中有三位貴人，因為有他們，我才能活到現在，他們是醫治我的癌症，延長我生命的三位醫生。

十六年前，我在丈夫和十五歲女兒陪同下，帶著別家醫院的乳房超音波照片，來到三總乳外科看診。第一次看到俞志誠主任。他很親切，很有耐心地聽我把自己發現腫瘤及就醫的過程說一遍，也看了磁碟片。他的傾聽與專注讓我的緊張情緒減少許多。他帶著安慰的語調說：「雖然看起來像是，妳不介意我們再做一次超音波吧？我安排看超音波最仔細的許居誠主任做。」許居誠主任是放射影像科，我每三個月或半年就要去做追蹤檢查，一發現有問題就穿刺，他的技術高超，不會痛，對病人非常溫和，讓我不再緊張。

看到我身後的洋丈夫和我一樣緊張，俞主任起身，走向他，詳細解釋後續可能的開刀和各種治療方法。讓丈夫有心理準備，他拍拍丈夫肩膀，關心的眼神透露出一種感同身受的理解，丈夫雙眼泛著淚光，因為這第一次的接觸，我們有了信心，決定在這裡做治療。

開刀那天，俞主任早上六點來查房，再次確定開刀時間，中午我被帶到開刀的樓層，丈夫、女兒及堂哥在一旁，俞主任穿著開刀服在那兒等著，和丈夫打招呼，要他安心。剛好協助推車的人員臨時走開，俞主任親自推我到開刀房，裡面的醫護人員開玩笑說：「每天六點來上班，連推車都自己來，大小事全包。」俞主任看起來很瘦，忍不住問對方：「吃飯沒？」大家齊聲說：「俞主任是無敵鐵金剛。」氣氛溫馨。

二〇〇七年底我確診為乳癌第三期，原本是存活率二年的那種三陰性，二〇〇九年復發後，轉為非三陰性，經歷化療、放療、共五次復發。

另一位戴明燊醫生是血液腫瘤科，醫護人員稱他為「戴哥」，平易近人，有耐心，看診仔細，看我一臉緊張模樣，總會拍拍我肩膀。他上午門診常看到下午三點，接著看下午診。醫生真辛苦，要有體力與耐力，還要聽病人訴苦，上帝真好，又安排了一位醫病且醫心的良醫給我。

二〇一二年七月再次復發，我將心中的害怕告訴戴醫生，他說：「如果我是妳，也會害怕，不用太擔心，我們已經開會討論你的病情，但請俞院長（當時俞主任已升任院長）親自為妳動手術，我們會想辦法找新藥。」在開車回家的路上，我不斷唱著〈信而順服〉，順服這個要教會我人生真諦的考驗。活著，即使有艱難，但我還能把自己的親身經歷寫出來，安慰鼓勵一些在谷底流淚的病友，我為此感到開心。

二〇一三年八月，四度復發，我毫不猶豫要求立刻入院開刀，俞院長醫術高明，又照顧病人心情，我對他百分之百信任。記得開完刀當天，得知中午母親外出時中暑，我焦急萬分，要求出院。但俞院長不批准，三總社區護理人員及教會朋友都到我家祈禱，並教導如何退燒，我手機不離手，遙控家中情形。

以前我連打針都怕，但上帝翻轉我的個性，我不怕開刀，只擔心母親，也希望能與剛從美國返臺停留兩週的女兒多聚聚。

二〇二〇年，丈夫過世，癌症五度復發。上帝送給我這麼一個大禮，病痛來了，但打開層層包裝，裡面都是關愛與祝福。我獲得許多人的幫助，整個醫療團隊用盡心力救治我，我有道不盡的感謝，在患難中忍耐與喜樂，是一種學習，相信神與我同在，我虔誠地順服，經歷祂的大能。

聽竹君
為你朗讀

## 感恩每個生命中的貴人

除了家人，親戚、友情也是非常重要的。
你要別人如何待你，自己先要好好對待別人。

回想起，年幼到十三歲，在香港，我只有一位最要好的朋友，也是最近幾年我才找到她——錫華，住加拿大。我從一歲就認識她，我們兩家人是好朋友。

我小時候只要上半天課，功課早早就做完了。大部分時間一個人坐在窗臺前望着靜靜的大海發呆，或吃餅乾，看螞蟻搬家。我算是一個很孤獨的小孩。我母親都在麻將桌上。我有一位非常非常寵愛我的父親，他是我最親的朋友，我們可以興致勃勃地聊上三小時，我們相處四十年。

十三歲到臺灣後，我的第一個朋友是我的鄰居——以敬，也是我的同學，至今也是我最好的朋友，可以無話不談。

在士林中學有一位恩師，五十年後的今天，伍老師仍幫我的文章「按讚」，每年相見一次。我有多位好同學，一直保持聯絡。而今年我找到了一九七二年世新畢業的同學，我也加入了師生群組，雖然只有三十幾個人，很有歸屬感。莫言寫《同學贊》真是太貼切了，我很珍惜同學。

工作三十年，有許多的老同事，我們都有 LINE 群組。這些群組真是太棒了，我們常常用 LINE 聯繫感情，老同事們各在海內外，我們非常談得來。

在我應徵到洋丈夫老闆的工作前，曾在四家公司工作過，職務是公共關係和祕書，所以認識新聞界的好朋友，後來因為三十多年前，出了第一本書，也認識了文化界的朋友，他們都一直在幫助我，是我生命中的貴人，仍然保持非常密切的聯繫。有邱社長、賴總經理、高主編、林主編和陳大師等。

二〇〇七年罹癌，我的醫師貴人——三軍總醫院前院長俞志誠及戴明燊醫師，他們是讓我還開心活著的貴人醫生，還有許多的良醫如劉敏醫師、姚嘉麟醫師、林石化醫師，幫助我。由於俞前院長及戴醫生推薦，二〇一七年五月我到《康健雜誌》分享罹癌的心情與鼓舞癌友，也感謝貴人校友的推薦，開始在「大人社團」分享。罹癌後，自然就加入了「癌友會」彼此互相勉勵加油。

我是基督徒，教會也有群組，教會的弟兄姐妹最會安慰人，為人禱告。我先生因為在三軍總醫院當英文顧問和志工英文老師，所以我們也有群組。大家都對我們很好，我們在那裡很開心。

我也積極地與恩師聯繫，還有世新的老師——年已九十七歲的前系主任鍾榮凱，沒想到畢業五十年後，仍然可以請教老師，真是我的福氣。

舉凡法律界的律師朋友、插花班同學和讀書會同學，甚至最重要的是我們家大樓的管理員還有總幹事，他們都在我們最需要的時候幫助我們。乃至於菜市場的水果攤老闆、魚市的老闆兒子結婚，我和丈夫菲利普都會去參加婚禮，就連洗衣店的書卷氣的小姐，都是我的 LINE 上的朋友。

在人生旅途上感謝我的眾多貴人，一路扶持。

讓自己融入集體群組，歸納幾點：

①態度要誠懇
②看重別人的優點，熱情讚美
③把朋友當親人，因為他們是你的貴人
④將心比心，考慮別人的感受
⑤尊重、禮貌

⑥坦言自己的錯誤

⑦堅守承諾：但不輕易承諾，一旦說出，一定要實現

對我們這樣的中老年人，除了家人，親戚、友情也是非常重要的，朋友可以激發我們的潛能。你要別人如何待你，自己先要好好對待別人。

我這一生有太多的貴人幫助我，好友羅瑩淑、乾嫂安娜，其他親朋好友，在我生病的時候給我的幫助和祝福，無法一一提名致謝，由衷感謝出現在我生命中的你們，我真是感恩萬分。

因為貴人朋友帶給我歡樂、學習、安慰、鼓勵、歸屬感、支持與回應等，帶給我許多養分，多所改進，並常常為我的文章按讚，他們讓我覺得人生更豐富，也更有意義。

聽竹君
為你朗讀

# 活一天樂一天：百歲母親教我的生活智慧與兩性溝通

作　者—竹君
主　編—林正文
校　對—林秋芬
行銷企劃—鄭家謙
封面設計—楊佩琪
美術編輯—SHIRTING WU

董 事 長—趙政岷
出 版 者—時報文化出版企業股份有限公司
108019臺北市和平西路三段二四〇號七樓
發行專線—（〇二）二三〇六—六八四二
讀者服務專線—〇八〇〇—二三一—七〇五
（〇二）二三〇四—七一〇三
讀者服務傳真—（〇二）二三〇四—六八五八
郵撥—一九三四四七二四時報文化出版公司
信箱—一〇八九九　台北華江橋郵局第九九信箱
時報悅讀網—http://www.readingtimes.com.tw
法律顧問—理律法律事務所　陳長文律師、李念祖律師
印　刷—勁達印刷有限公司
一版一刷—二〇二三年七月二十八日
一版二刷—二〇二三年十月二日
定　價—新臺幣三八〇元
（缺頁或破損的書，請寄回更換）

時報文化出版公司成立於一九七五年，
並於一九九九年股票上櫃公開發行，於二〇〇八年脫離中時集團非屬旺中，
以「尊重智慧與創意的文化事業」為信念。

活一天樂一天：百歲母親教我的生活智慧與兩性溝通/竹君著. -- 一版
. -- 臺北市：時報文化出版企業股份有限公司, 2023.07
面；　公分
ISBN 978-626-374-047-1(平裝)

1.CST: 論語 2.CST: 人生哲學

863.55　　112010503

ISBN 978-626-374-047-1
Printed in Taiwan